光文社文庫

# 出好き、ネコ好き、私好き

林　真理子

KOBUNSHA



光　文　社

# はじめに

時はあっという間にたってしまう。今年還暦を迎えた私。全く自分がこんな年になるとは思ってもみなかった。が、自分の心と年齢とは全くフィットしていない。いつものようにPRADAのショップへ行き、大好きな可愛いワンピースや、ピンクのスカートを選ぶ。

そしてふっと年齢のことを思い、

「あぁ、もうこんなもの着るとイタイかも……」

と反省するのであるが、試着して似合っていれば結局は買ってしまう。

今も悪くない毎日だ。仕事もあるし友だちもいるし、家族も持っている。しかしつらつら考えるに、いちばん楽しかったのは四十代だった。三十代もよかったが私の場合、結婚という課題があったためにおちおち男の人とつき合っていられなかった。焦りと不安の時期だったような気がする。

しかし四十代になると心も落ち着き、じっくりあたりを見渡すことも出来た。私が若い頃、四十代というと「中年」のイメージがあったが、今どきこんなことを言えば笑われるだろう。四十代はまだまだ若く綺麗だ。そして若い女性にはない魅力がある。と言うと何だかキレイごとを並べているように聞こえるが、私は心からそう思っている。

そして四十代の女性の生き方やファッション、すべてを変えたのがこの「STORY」という雑誌であろう。

「美魔女」という言葉は個人的にはあまり好きではないけれども、これによって、「四十代の女性が美を追求することはいいことである」

そして

「ちゃんと結果が出ている」

ことを世間に知らしめることになったのだ。

よってこの「STORY」にエッセイを連載するのはとても意義ある楽しい仕事であった。スタートした時はまだ四十代に片足がかかっていたので、等身大の自分を書くことが出来た。

そして心がけたことが二つある。

「説教はしない」

「キレイごとは書かない」

ということだ。

たとえば四十代の女性がとてもつまらぬ退屈な毎日をおくっているとする。離婚するほど夫が嫌いなわけでもない。そんなリスクをおかす気は全くない。けれども毎日が面白くなくて自分に活力というものが生まれない。よくある話だ。

そんな時、別の人ならば、

「趣味かボランティアか、何か生き甲斐を見つけなさい」

と言うかもしれないが、私はそんなことを書かなかった。

「自分の才覚で少し後ろめたいことをしなさい」

と書いた。このエッセイはとても反響があったと編集者から聞いた。が、私は別に不倫を勧めているわけではない。

生きているのもイヤになるくらい、張り合いのない日々をおくっているとしたら、それを脱却するために多少の冒険もありかもしれない、と言っているのだ。ただし「自分の才覚」が必要である。

私はこの「才覚」という言葉が好きだ。「知恵」というよりも、もっと生活に根の張った考え方という気がする。

そしてこれをしっかりと持っているのが四十代だろう。何度でも言う。四十代というのは人生の秋に入る。ただ猛々しいだけの緑の時と違い、彩りがさまざま、果実もたっぷり獲れる秋。このエッセイは、その収穫の時を結構楽しんだ先輩からのアドバイスだと思って読んでくださったら幸いである。

# Contents

目次

出好き、ネコ好き、私好き

## Beauty



### 四十代にとっては、「美のメンテナンス」自体がもう一つの美なのだ

## Love ♥137

### 美しい肌とカラダを保つ努力が「夫ではない、他の男性」のためだとしたら

## Aging 175

## 衰えを何とかしているうちに、「中年の美しさ」はぐいっと出てくる

# Fashion

## 四十代のファッションは、「冒険心」と「勘違い」の間にある

# 全く、四十代の女はどれほど綺麗でいなくてはいけないのか。いじいじと考える。ただし、謙虚に考える

またこの連載をやらせていただくことになった。どうぞよろしく。

四十代をターゲットにしてエッセイを書くというのは、私にとってとてもやりやすく楽しい仕事だ。私のよく知っている、通り過ぎてそれほど年月のたっていない世代だからであろう。

さて、ひとつの言葉が生まれたことにより、その現象が非常に注目されることがある。言うまでもなく〝アラフォー〟というのは、四十代の女性を再認識させる結果となった。

「まだ、いけるじゃないか」

と、多くの男性が感想を抱いたのは、ここ数年のことであったが、そこに〝アラフォー〟という言葉が後押しをした。私が子どもの頃、四十代の女性というのは、完璧におばさんのことであり、女の退役者であった。たまに近所で色恋沙汰（こう

いう言葉ももう死語であろうか）を起こした四十代の女性が出現すると、

「いい年をして」

と多くの非難を浴びたものである。今、そんなことを言ったら、かえって発言者が非難を浴びる。この国の女は、ものすごい勢いで若返り、そして強烈な魅力を持つようになったのだ。が、それは同時に、女たちにいろんなことを課するようになった。いつまでも若々しい肢体、張りのある肌、豊かな髪。しんどいといえばしんどいことである。もう降りたい、と思っても、なかなか世間はそれを許してはくれない。全く、四十代の女が、これほど綺麗でいなくてはいけない時代が、かつて日本に存在したであろうか……。

などとエラそうに大上段に書き出したが、この私とて、空しい努力を日夜重ねている身の上である。そんなことを再び綴っていけたらと思う。

さて、今年の夏もうんと洋服を買った。不景気のせいかバーゲンが早まったこともあるし、海外に行く機会があり、あちらで求めたことも大きい。正直言って、私はかなりの衣服費を使っている。が、私のえらいところは、自分が決しておしゃれのセンスがないと自覚していることだ。あたり前だろうと言われそうであるが、女の物書きでこの自覚を持っていない人は結構いるものだ。

ある同業者を見るたび、私はいつもある感慨にとらわれたものだ。

「ふーん、かなり変わった趣味だよなぁ」

私と似たような体型に、ひょう柄のスパッツ、銀色のサッシュといういでたちは非常に暑苦しい。が、こういう強烈な個性を発するのも女性作家というものであろうと、私は思っていた。が、彼女はエッセイにこう書いている。

「私はどうやら、特別の洋服のセンスが備わっているらしい」

いけない、話が横道にそれてしまった。私が何を言いたいかというと、他のことはともかく、おしゃれということに関して私は非常に謙虚であるということだ。だからいろんな人にいろんなことを聞く。特に大切にしているのは、親しいファッション誌の編集者たちである。どういうものが今、流行っていて、中年の女なら何を取り入れればいいか、ということを彼女たちから教わっているのだ。

そして私は他人もよく観察している。ついおとといのことである。あるファッション関係の集まりに出た。そこにいるのは、スタイリスト、エディター、といったおしゃれのプロたちである。

偶然ではあるが、私と同じように白いシャツに黒パンツといういでたちの女性がいたが、私よりもはるかにきまっている。私は彼女と自分との差をつぶさに調べ上げようとした。

まず体型が違う。が、これはいたしかたない。靴はどうだろう……私だって頑張っているはずだ。プラダのヒカリモノの入ったサンダルは今年買ったものである。ネイルもちゃんとしているし、時計もはずしていないつもり……半貴石のネックレスもいい感じのはずなのに。

そしてわかった。彼女は両手にバングルをいっぱいつけているのである。私はアクセサリーというと、せいぜいがネックレスである。雑誌のグラビアで見た流行りものをしているのであるが、端的に言うとここで力尽きてしまう。バングルまで気がまわらないのである。

考えてみると、バングルは、大きな象徴かもしれない。あってもなくても構わないような気がする。基本的なアイテムではない。しかし、あるとないのとでは大違いなのだ。中年なのに、若い人と同じようにゴールドのバングルをいくつもつける。しかもさりげなく。どうしてこういうことが出来る中年と、出来ない中年がいるのだろうと、私はいつもこういうことについていじいじと考えるのである。

# 若さゆえ犯した無謀な買い物。ココ・シャネルが生きていたら、きっとわかってくれたに違いない

　この不景気で、東京のハイブランドはどこも閑古鳥が鳴いているという。ついこのあいだまで、某ブランドの世界の売り上げの三分の一は、日本人が買っていると言われていた。その少し前は、日本人が海外で、高級ブランドを買い漁っているとワルグチを言われたものだ。そういう時代を知っている者にとって、今の状況はかなり寂しい。

　それなのにこのところ映画でも、芝居でも、ココ・シャネルが注目を浴びている。どうやらキャリアウーマンの先駆者としてのココ・シャネルを、再注目しようということらしい。孤児院育ちのお針子が、金持ちの愛人という座を得るココ・シャネルは、典型的な二十世紀初頭の「成り上がり女」である。しかし彼女のすごいところは、並々ならぬ美意識と、ものをつくり出す才能を持っていたことだ。今、私たちがふつうに着ているパンツも、スカート丈も、ジャケットも、シャネルがつくり

出したものと言われている。

　映画館で『ココ・シャネル』の予告篇を見ていたら、メゾンでのファッションショーの様子が流れていた。それは私にとって見憶えのある風景である。そう、二十五年前、私はカンボン通りのシャネルのメゾンで、同じようにモデルを眺めていた。取材ではない、ちゃんとした客として扱われていた。どうしてこんなことが出来たかというと、私がオートクチュールをつくったからである。

　その時私はまだ三十一歳であった。それなのに幸運と成功はいちどきにやってきた。エッセイを書いたら本はベストセラーになり、小説を書いたら早々に直木賞を受賞した。それまでふつうの女の子だった私が、舞い上がらなかったはずはない。収入も増え、人にもちやほやされ、毎日が祭りのような時を過ごしていた。そんな時、ある女性ファッション誌から、一ケ月だけのゲスト編集長をやってくれ、という依頼が来た。もちろん何か出来るわけはない。企画を立てて特集に出演してくれ、ということであった。そして私は言った。

「パリコレを見たいな。それもオートクチュールのね」

　願いはかなない、二週間私はパリで過ごし、さまざまなコレクションに出かけた。中でもいちばん素晴らしいと思ったのはシャネルだ。品があるうえに華やかで愛らしい。メゾンに取材に行った時、私はつい大胆なことを口にした。

「せっかく来たんだから、オートクチュールでスーツをつくろうかな」

その時、通訳兼コーディネイトをしてくれていた女性が、とっさのことで計算を間違えた、というのは何という笑い話だろう。採寸も済ませ帰る途中、彼女は急に立ち止まった。「あら、どうしよう。私、フランを日本円に直すの計算違ってたみたい……」

七十万と教えてくれたのに、本当は三百万と聞いて、私はヒィーッと叫んだ。しかしもう後もどりは出来ない。ここでキャンセルしたら日本人の恥であろう。全く思いきったことをしたものである。私は三百万のスーツをつくったのだ。しかももう一度仮縫いをするために、わざわざパリに行かなければならなかった。

そして私は黒と白のニットのスーツをつくり、自慢でいろいろなところに着て行った。が、少しも似合っていなかったと思う。たぶん当時、多くの人が陰で笑っていたことであろう。たかだか三十一歳の女が、そんな高価なものを求める愚かさ加減、センスも何もない女が、最高のシャネルに手を出す傲慢さは、しばらく私のバッシングの種になった。

しかし今、中年になった私は、あの時の私をとても懐かしく好ましく思い出すのである。若さというのは、しばしば無謀な行為をする。とんでもない背伸びをして、人のひんしゅくを買ってしまう。しかしあの時、パリに住む女の人が、こんな風に私のことを誉めてくれた。

「日本でも、やっとこんなお金の遣い方をする女が出てきたのね」

カンボン通りのメゾンのショー。本当に買う顧客のためだけに開かれる、小さなショーだ。モデルたちは必ず番号札を持って、客の前を歩く。見ている者たちは気に入ったドレスの番号をそれ専用の小さな手帳に書き込む。当時、女たちの横にはかなりの確率で男の人が座っていた。美しい女に高価な服を買ってやるためだ。オートクチュールとはそうしたものだった。が、私は間違いがきっかけだとしても、とにかく自分のお金で買った。

「欲しいものを、自分の稼いだお金で買って何が悪い」

私のことを揶揄《やゆ》した某男性コラムニストに、私はこんな言葉を投げつけたことがある。遠い日の思い出だ。

が、もしシャネルが生きていたら、「そのとおり」と言ってくれたに違いない。

# 日本一のファッションストリート、表参道を歩きながら、〝冒険心〟と〝勘違い〟の間を行ったり来たりして

青山にあるイッセイ・ミヤケのショップの前を通る時、私はいつも不思議な気分に襲われる。

「いったいこの店は、誰を対象にしているのだろうか……」

青山のショップに飾られている、プリーツ・プリーズはとてもカッコいい。マネキンの様子といい、モダンな店のインテリアといい、この服がとても先鋭的な人たちに向けられているのはよくわかる。

が、私はプリーツ・プリーズを着た、素敵な人をほとんど見たことがない。どこかの雑誌で誰かが、

「ひとクセあるおばさんの服」

と書いていたが、なるほど確かに、中高年の文化人と呼ばれる女性が着ているのを雑誌やテレビで目にすることがある。しかし私はそれよりも、

「おばさんの海外の友」と言いたい。今年イタリアに旅行したのであるが、先々でプリーツ・プリーズを着た女性を何人も見た。もちろんみんな日本人である。中でも圧巻だったのは、劇場で見た世界地図のプリーツ・プリーズだ。中年の少々お太りになっている女性が着ているせいか、目立つことこのうえなし。そのたびに私は、「三宅一生《みやけいっせい》さんは、これを意図してつくられているのだろうか」

といつも考えてしまうのだ。ふだんおしゃれに縁のない私の知人も、海外旅行はいつもプリーツ・プリーズを持っていくと言っていた。

「シワにならないし、かさばらないし最高。ワンピースもね、日数分輪ゴムで縛って持っていけば、場所を本当にとらないのよ」

着る人がなんか勘違いしているような気もするし、そういう売り方をしているような気もする。

今から十数年前、プリーツ・プリーズが発売されて間もない頃、私の知り合い、金持ちの女性が自慢気に言ったものだ。

「この白いプリーツのブラウス、インナーにすっごくいいわよ。見て、見て、おしゃれでしょ！」

断わっておくが、彼女は完璧なコンサバスタイルである。多分ディオールのジャケットの下に、白いプリーツを組み合わせていたのではなかったろうか。そして高いジャケットと白のプリーツはしばらく彼女のお気に入りとなった。

そんなある日、彼女と一緒にオペラを見に行ったところ、ロビーにひときわ背の高い三宅氏の姿をお見かけした。

「えー私、挨拶しちゃおう。ちょうどプリーツ着てるしさ」

と人見知りしない彼女は、突進していく。そして大喜びで帰ってきた。

「三宅さんが、私の胸元見て、綺麗に着こなしてくださって嬉しいですって」

そこにいた皮肉屋の男友だちが、

「一生氏が企業家としては、確かに嬉しいでしょうが、アーティストとしてはどうでしょうかねぇ……」

とニヤニヤしていたのを、一度エッセイで書いたことがある。ネタの二重売りのようで恐縮なのであるが、話はそれからさらに続く。

私は若い頃、山本耀司《やまもとようじ》氏のY'sを着ていた。時代の先端をいくコピーライターという仕事をしていたこともあるが、当時からデブの私にとって、上がゴムのスカートとか、たっぷりした上着などはとても好都合だったからだ。ゆえに、

「僕のつくるものは、服の中で泳ぐように着て欲しい」

と山本氏が語っているのを聞き、顔を赤らめたことがある。そうか、かなり勘違いしていたのである。

ところでこの「Y's」が、経営不振のため身売されるとか、されないとかという話が新聞をにぎわせたのはつい最近のこと。表参道を根津美術館へと向かうあの道は、日本を代表するファッションストリートだ。イッセイ・ミヤケ、コム・デ・ギャルソン、Y'sといった、日本を代表するデザイナーが並び、プラダ、D&G、クロエ、カルティエ、といった海外ブランドもいっぱい。近くには私のご用達、ジル・サンダーもあり、歩くのが本当に楽しいところだ。

そしていつも考える。中年の女は、こうしたブランドと、どういう風につき合えばいいのだろうか。

コム・デ・ギャルソンの服は、着こなしが本当にむずかしく、若い人でも本当に似合う人は少ないものだ。体型がほっそりしていて、イノセントな雰囲気を持っていなくてはならない。体型の崩れた、化粧をしっかりしている中年女性が着ても、服と顔とが乖離《かいり》するばかりであろう。そうかといって、中年過ぎても「コム・デ・ギャルソン女」になるのもどうかなあという感じだ。よくマスコミの女性に、若い時から愛用していたコム・デばかり着ている人がいる。化粧っ気もなく、おかっぱの五十代の女性というのも、少々痛々しい。私などはなから着こなせないと諦めて、せいぜいたまに無難なカーディガンやニットを買うくらい。が、これが可愛くてお値段もリーズナブル。まわりにもふつうの人で着ている人は案外多いが、ちょっとだけオシャレ、という雰囲気が漂う。

私は年をとった女性は「ややコンサバ」を心がけ、良質なものを着るべし、という主義であるが、ハイブランドだけではやはりつまらない。冒険心と勘違いとの差はどこにあるのか、とたえず考えながらも、時々は若い人のファッションに挑戦している。

私にたくさんのものをくれた「ジーンズ」よ、ありがとう。そして、これからよろしく、「デニム」


ファッション誌の仕掛けだと思うのだが、ある日突然、知っているはずのものの名称が変わる。アレってとってもイヤな感じ。

エディターの人と、青山のプラダに行き、靴を選んでいたら、

「やっぱり今年はスタッズよね」

というのを聞いたのが、春のこと。そうか、この鋲《びょう》のことだと合点したのであるが、カタカナに異常に弱い私のこと、次にひとりで靴売場に行ったのだが、どうしてもスタッズという言葉が出てこない。

「えーと、確かスタッフだかに似てるやつ……」

と思うのであるが、恥をかきたくないので、

「このサイズで鋲つきのやつ」

で通してしまった。

ジーンズをデニムと言い始めたのは、四年ぐらい前のことであろうか。ある日いっせいに、いろんな雑誌が「デニム、デニム」と言い始めたのである。そしてデニムになったとたん、ジーンズは私に縁遠いものになっていった。もう限界近いほど太ってしまい、完全なおばさん体型になってしまったのである。

ジーンズを着こなせないと、何かと不自由なものだ。旅行の時に困る。ジーンズを一本持っていると、上をコーディネイトすれば三日持つが、ないとそうはいかない。ジーンズをはけないということは、チノパンツもはけないということなので、海外の砂漠やヘンピな地も、常にスカートをはくことになる。

ある時通信販売の「らくらくジーンズ」というのを買った。やわらかい素材で、股上が深いため、中年にぴったり、というやつである。買って驚いた。世の中にこれほどカッコ悪いジーンズがあるのだろうか。

ジーンズというのは、きつくてもとにかく肉を押し込んでジッパーを上げると何とかさまになるものである。しかしそのジーンズは違っていた。股上が深いということは、足を本当に短かく見せるという発見もあった。ストレートなのか、ベルボトムなのかよくわからない中途半端な形も、非常におばさんくさくて、私は一度着て、それきり二度と足を通していない。

さて今年の秋、十四キロ痩せた私は、久しぶりに昔のジーンズに挑戦した。硬い布に懐かしい感触が甦ってくる。どうということのないストレートであるが、やはりちゃんとしたジーンズは、若々しく見える、ような気がした。

そして次に挑戦したのは、ユニクロのプラスJである。ご存知のように、これはデザイナー、ジル・サンダーとコラボしたものだ。日頃、ジル・サンダー愛用者としては気になって仕方ないものであった。銀座に行ったついでにこの売場をのぞいたところ、ジャケットやブラウスがなかなかいい。そりゃあ、二十数万円するジルのものに較べれば素材はぐっと落ちるが、ニュアンスはちゃんと伝わっているのだ。

それよりも私が気になったのがジーンズで、スキニーとボーイフレンドの二枚買った。しかし悲しいかな、ジーンズを買わなくなってもう何年にもなる。お直しのシステムがよくわからないのだ。それに閉店近くなり、ぐずぐずしてられない。大急ぎで二本買い家に帰った。そして鏡の前でファッションショーをして長さを決め、次の日電話をかけたところ、全国どこのユニクロでも丈を直してくれるというではないか。折り曲げて青山のユニクロに持っていったところ、なんと四十分で直してくれた。ちょっと前まで三、四時間かかったものであるが、時代は進んでいるのね……。と感慨にふける私。まるで浦島太郎のような心境である。浦島太郎といえば、ジーンズにいろいろルールがあるのも知らなんだ。

ある雑誌を読んでいたら、

「ボーイフレンドデニムは、必ず裾を折り返して」

だと。これは常識中の常識らしいが、

「厳寒の時以外は、素足でパンプスを履く」

というのもあるらしい。なんかそういうことになっているようだ。そしてボーイフレンドから借りる、というのがテーマだから、トップスは女らしくまとめるんだと。ふーんむずかしい。

ところで私は、久しくジーンズから遠去かっていた結果、今っぽいベルトがなく、青山のショップで、ぶち模様の、もとい、ダルメシアン柄に鋲のついた、じゃなくてスタッズのついた細いものを買った。そして折り返した、ボーイフレンドジーンズに合わせたら、なんか決まってる。夫からは、

「君ってなんて若づくりしてるんだ」

などという声がとんだが気にしない。ジーンズは私に何とたくさんのものをくれたんだろう。これからはデニムと呼んだる。

ダサくならずに、しかもさりげなく。サブバッグひとつとってみても、ファッションは奥が深い……

友人と半日一緒にいて、自分との差をあれこれ確認する。ひとつわかったことは、化粧をこまめに直すことである。食事のあと、フラと立ったかと思うと、すぐに口紅が直っている。私など、

「どうせこの後、タクシーで帰るわけだし」

とか、

「いい男がいるわけでもなし」

という理由で、鏡を見ることもない。よっていつもマスカラが、目の下についたりしている。

いけない、と思うのであるが、化粧ポーチを忘れることさえあるほどだ。しかし不思議なことに布のサブバッグは必ずといってよいほど持参する。

電車の中で読む本を一冊か二冊、あるいは資料、そして友人に会ったら見せよう

と思う写真のミニアルバム、そしてティッシュの予備といったものを、私愛用のDEAN&DELUCAの、黒のサブバッグに入れ、家を出る。これがないと不安でならない。小さな買物をすると、たいていこの中に入れてもらう。もちろん、「包装は結構です」

と口にするのは忘れない。しかし私の場合、サブバッグを持ち歩くのは、エコというよりも、第二のバッグという感覚であろう。

バッグ大尽を自他共に認める私。しかしどれほど大ぶりのバッグでも、単行本を入れると形が崩れるのが早い。そのうえ流行があり、おとどしのようなデカバッグを持っている人は少なくなり、今は中くらいの大きさが流行であろうか。バッグを守り、全体のバランスを守る意味からも、サブバッグは持たなければならないのだ。

さて、このバッグであるが、いったいいつ頃から、日本の女の習性になったものであろうか。ひと昔前まで、OLも主婦の人も、お出かけの時は、バッグ以外に、紙袋を持ったと記憶している。それも海外ブランドのやつ。黒のシャネルの紙バッグに、お弁当なんかを入れ、すり切れるまで使っていたような気がする。

そのうちエコブームが起こり、店に行く時は袋を持とう、というキャンペーンが始まったが、その折り畳み出来る薄手のバッグが、なんともおばちゃんっぽかった。

よく劇場の売店で売っているような、「コンパクトで便利」というやつですね。それが大変化を遂げたのが、数年前のアニヤ・ハインドマーチの、あのバッグであろう。表参道や原宿でも、あれを得意そうに持っている女性と、それを凝視する女の子たちをよく見たものだ。

ありがたいことに、私のような仕事をしていると必ず声をかけてくれる人がいる。

「ハヤシさん、あのバッグ、手に入りましたよ」

と、ブームの最中、ファッション誌の編集者が、一個プレゼントしてくれたのである。電車の中で見せびらかしたりして、そりゃあ嬉しかった。しかし白のキャンバス地だったので汚れが早く、そのうちに持たなくなってしまった。

今はDEAN&DELUCAの黒を愛用している。このバッグ、必要に迫られて東京駅の地下で買ったものであるが、あまりにも人気があって驚く。サブバッグの五つにひとつは、このブランドのものだ。布地がしっかりしているのと持ちやすい大きさであること、あまり主張をせずに、それでいておしゃれっぽいのが、好かれる原因だろう。

そういえば先日、知り合いから、

「東大の売場に、こういうものがあったので」

と一個もらったことがある、「ＴＯＫＹＯ　ＵＮＩＶＥＲＳＩＴＹ」と記されたそれを、しゃれのつもりで使っていたのであるが、やはり人からジロジロ見られることに気づいた。しかし本物の東大生が使えば、やっぱりイヤらしい。あれはいったい誰が持つものだろうか。娘や息子を東大に通わせている田舎の母親であろうか……。

つい先日のこと、香港にショッピングツアーに出かけたところ、あちらのデパートでとても可愛いものを見つけた。かのファッション界の女王、アナ・ウインターの顔が大きくプリントされた白いサブバッグである。

「これ、かわいー」

と、友人と取り合いになったのであるが、やっぱりやめとくと彼女。

「いくら月とスッポンとはいえ、同じ業界にいるワケだし」

確かに彼女はファッション・エディターであった。こうしてみるとサブバッグといえどもあなどれない。ダサくならずに、しかもさりげなく、これを持つことのむずかしさよ。

## ハイヒールをはくからには、終日はかねば！女としてズルしないことが美人力を高めるのだ

今さら言うことでもないが、若い人のスタイルのよさは、本当に羨しい。背の高い人はもちろん、小柄な人も小柄なりにバランスがとれている。顔が小さく、脚が長いのだ。こういう体型だと、何気ないカジュアルな服装が本当にきまる。どうということもないパンツに、フラットシューズという取り合わせが、おしゃれで素敵なのだ。

しかし中年になるとこうはいかない。顔は確実に大きくなっている。若い頃は「小顔」と言われた人でも、年をとると輪郭はぼやけ目鼻立ちもぼやけ、ぼんやりと膨らんでくるのである。だからこそバランスを考える。

ある時、女性誌からインタビューを受けた。「美人力を高めるものってなんでしょう」

私はすかさず「高いヒール」と答えた。ヒールをはいているか、はいていないか

で、多くのものが変わってくるのを中年になると実感出来る。

ついこのあいだのこと、パーティーに出ていて何か違和感をおぼえた。なんだかいつもよりサエないし、目立っていない気がしたのだ。

私は身長が百六十六センチある。今の若い人ならどうということもない身長であるが、私の年代だとかなり高い方である。これにヒールを合わせると、ぐっと大女になってしまう。が、化粧もばっちりとして、考えぬいて選んだ服を着ていくと、なんか女としての自信がつくのだ。

「ハヤシさんって、こんなに背が高い方だと思いませんでした」

と初対面のたいていの人が言うぐらいなので、やはりとても大きく見えるのだろう。ヒールをはくと姿勢もぐっとよくなるのはよく知られているし、そしてちょっぴりでも人を睥睨《へいげい》するというのは、かなり女としての意識がアップするものだ。それを実感したのは、そのパーティーのこと。フラットシューズで行ったため、どうしても人の林の中に紛《まぎ》れ込んでしまう。目の位置が同じの人がぐっと増える。そうすると自分がどうということのない平凡な人間のような気がしてしまうのだ。

「どんなことがあっても、女はヒールをはかなきゃダメ」

と言ったのは、私のパーソナルトレーナーの女性である。ヒールによって緊張感が増し、ヒップがぐっと上がってくるというのだ。

「○○さんが、あんなにスタイルがいいのは」

私の友人の名をあげた。彼女は五十代後半である。

「いつもどんな時もヒールをはいているからですよ。ハヤシさんも見習ってください」

私とていつもヒールでいたいのであるが、ここに困った問題が生じてくる。私のように電車を使う者にとって、ヒールはかなりきつい。そうでなくても階段を降りるのが苦手なのだ。何回かすべり落ちたことがすっかりトラウマになっている。そんなわけで、ヒールの時はおそるおそる降りていくのであるが、その姿がとてもおばさんっぽいと多くの人は言う。

健康と時間とお金の節約のためには出来るだけ歩き、電車に乗りたい。が、そのためにはフラットシューズでいた方がはるかに快適だ。しかしパーティーでは目立ちたいとしたら、どうしたらいいか。

私は靴を持ち歩くようになった。ぺったんこ靴で会場まで行き、そこではき替えるのだ。これならすべてOK、と満足していたのであるがやがて気づいた。

「そういうのって、なんかビンボーくさいかも」

はき替えの靴を持っていく、という行為自体がおしゃれとはいえない。ヒールをはくからには終日はかなくては、やはり女としてズルしているのだ。というわけで、お出かけの時、ちょっとムリかな、と思っても八センチのヒールをはいた。しかし夕方になると、もはやにっちもさっちもいかなくなってきた。もう一歩もダメ、と思った時、目の前に某ブランド店が。靴ぐらいたいしたことがないと思っていたら、ローファーで十一万円もするではないか。

運の悪いことに、ちょうど夫とご飯を食べようとしているところであった。夫を待たせて靴を買ったため、露骨に不愉快そうな顔をされたのである。

「すごいよなー、十一万の靴をさっと買うんだよな。オレなんか十一万のアタッシエケース買おうかどうしようか、三ケ月悩んでやっぱり買わなかったのに」

と、さんざんイヤ味を言われた。

まあ、そんなことは余計なことであるが、ヒールを一日中はいた日は、足をうんとやさしくする。お風呂に入ってマッサージし、足の指まで丁寧にクリームをすりこむ。フラットシューズならしない。

やはりこういうことを私にさせるだけでも、ハイヒールは偉大なのだ。

## 「Tシャツにビーサン」でも
## それなりに見える、風格。
## それは、服への投資額に比例する！

八年ぶりに、オアフ島に出かけた。久々のハワイでのバカンスであるから、着るものにかなり気を遣った。

私はこの頃の海外旅行でずっと失敗ばかりしている。毎年十人ぐらいで、ヨーロッパへ九泊ぐらいのオペラツアーに出かけるのであるが、私はまず〝着まわし〟ということを考える。夏のことであるし、ジャケットとパンツがあれば、インナーを替えるだけで、まあ三日はイケるだろう……。日日オペラを見るけれども、フォーマルをそんなに持っていけないし、かつ所持していないので、二回は同じドレスを着て……。

ところが、朝ホテルのロビイで待ち合わせると、女性たちはぜーんぶ着替えている。昨日は黒っぽいパンツルックだと思うと、今日は彩《あざ》やかなプリントのワンピースだったりとメリハリをつけるのもうまい。

フォーマルドレスだって、

「どうしてこのスーツケースの中に収まるのか……」

とイリュージョンを見ているようだ。

そして私は結論を出した。

「おしゃれな人は、旅先で〝着まわし〟をしない」

そのために今度のハワイ旅行では、たった四泊であるが、いちばん大きなスーツケースを持っていった。中にはワンピース二点、ジャケット三点、パンツ二枚、Tシャツ四枚、スカート二枚。夜のお招《よ》ばれの時も着替えるとしたら、このくらい必要であろう。サンダルも、全部で三足入れた。うちの夫など空港へ行く最中、

「どうしてこんなに重たいんだ」

とかなり怒っていたっけ。

ところがハワイで「マダムの素敵なリゾートファッション」はほとんど見ない。よく行く人はおわかりであろうが、たいていの人は、まずABCストアに飛び込んで、Tシャツ、ビーサン、ショートパンツを買う。若い人だったらムームー風のロングワンピースであろうか。それでたいていのことが済んでしまうのがハワイというところだと、つくづくわかった。食事に行くところも、ベトナム料理や中華で、

きちんとしたレストランなどとは無縁の旅ゆえ、どこもビーサンでＯＫ。ものすごくだらしなくなっているのか、くつろいでいるのか、自分でもよくわからない。円高ということもあり、ワイキキの高級ブランドショップはどこも日本人でにぎわっている。バブルのような懐かしい光景だ。みんなシャネルだろうと、エルメスであろうと、ビーサンでどんどん入っていく。

最初私はとても抵抗があったのであるが、

「こっちじゃ、全然平気ですよ」

現地の友人が言う。

「どこへだって、Ｔシャツ、ビーサンでＯＫです」

それにしてもよくわからないのが、みーんなＴシャツとビーサンで、どうやったら買う人を判断しているのであろうか。

私の友人も、

「本当にそれは不思議ですが、買う人はちゃんとわかるみたいですね」

と言う。

今から二十数年前、海外に行き始めていた頃、私は心に決めていたことがある。誰も私を知らない場所に行っても、きちんと扱われる人になりたい、ということだ。

旅慣れたCAの友人と二人、ヨーロッパを旅行した時、彼女から買物のマナーをいろいろ教えてもらった。

「こっちの人は、商品にだらだら触れられるの、とってもイヤがるの。まず店員さんに挨拶をして、ソファに座る。そして堂々と、私はこういうものが欲しいから見つくろってと言うのよ」

当時日本人のマナーが、世界中で取り沙汰されている頃であった。私などしょっちゅう店員さんに「ノー」と叱責されたものだ。つい習慣で、布をいじったりしていたからだ。彼女に教えてもらって以来、とにかく店員さんと会話するようになった。

つい先日のことであるが、私はあるテレビ番組を思い出した。それはふつうの主婦に、スタイリストさんやヘアメイクさんが寄ってたかって変身させる、というものだ。

その週はものすごい着道楽の奥さんが出てきた。今でこそろくに化粧もしていないが、若い頃から洋服が大好きで、買いまくった服が山のようにあるという。確かにクローゼットの中は、昔のブランド品でいっぱいだ。

彼女はプロの人たちによって化粧をされ、流行の服を身につけた。驚いた。瞬時のうちに自分のものにして、着こなしてしまったのである。

「やっぱりいろいろ着ていただけあって、服に慣れてますね」

司会者が言い、私もそう思った。他の出演者のように、「服に着られてる」感じは全くしない。

さて、Tシャツ、ビーサンの私も高級ブランド店の人たちに値踏みされるわけであるが、高価なバッグや装身具は何ひとつ身につけていなくても、それらしい風格は身につけている女にはなりたいものだ。

そうでなかったら、あの膨大な服のために費したものが空しくなってしまうと、私はいささか緊張して店の中に入っていく。

# 物言わぬシャネルスーツが情け容赦なく突きつけるメッセージ。「もっと体を磨け！」

コンサバ系はもちろん、モード系でも、女だったら誰でもシャネルスーツには憧れる。素晴らしい素材を使い、愛らしいデザインのものが多いのに、きりっとした印象になるのはその価格のせいであろう。他のハイブランドのものに較べても際立って高い。六十万前後の価格帯で、ちょっと手の込んだものならば八十万はふつうだ。こんな洋服を買えるのはタダの女であるはずはない。バブル時代は、誰に買ってもらったかわからないような若い女も、袖を通していたこともあったが、「援交」、「愛人」というプラカードを着ていたようなものである。

こういう手合いを別にすれば、当然自分で買える女が着ているわけで、シャネルスーツはそれだけでりりしくカッコいい。ある女性経営者は、シャネルスーツのことを「私の勝負服」と呼んでいたものだ。

かくいう私も、若い時から何着か買っている。もちろん自分のお金で。これについては面白い話があって、今から二十数年以上前のこと、私はロサンゼルスへ講演会に出かけた。地元の邦人向けの催しで、アテンドは航空会社のえらい人がしてくださった。このためにニューヨークからやってきてくれたその方は、流ちょうな英語を喋《しゃ》べり、非常に洒脱な紳士であった。運転手付きのリムジンを用意してくださり、ショッピングに出かけるという、夢のようなバブルの頃である。

シャネルショップへ行き、私はピンクのジャケットに紺のスカートという一対を試着してみた。彼はソファに座り、もの慣れた様子で、いかにも遊び人らしく、

「もうちょっとスカートを短かくしてみたら」

「袖丈を詰めなさい」

と命令する。最後に私がカードを出し、支払いをしようとしたら、お店の人がびっくりした。

「なぜ彼が払わないのか」

どう見ても私のパトロン然としていたのだから、払ってくれてもよかったのにと二人で笑い合ったものだ。

前にもお話ししたと思うが、私はパリのオートクチュールを取材しに行き、シャネルのメゾンで、スーツを注文したことがある。おそろしい値段がしたうえに、仮

縫いのためにもう一度パリに行かなくてはならなかったことも、今では懐かしい思い出である。

全く独身の頃は、自分ひとりのために、よくあれだけお金を使えたものである。今や私にとってシャネルスーツなど遠いものになっている。とにかく高いのだ。一着持っていればオールマイティに使えるとわかっているものの、あまりの高額な値段におじけづいてしまう。最後に買ったのは六年前、ピンクのラメ入りの素敵なスーツだ。が、スカートが短かくなったのと、私が太ってしまったため、もう何年もクローゼットのコヤシとなっている。

そしてつい最近、私はシャネルスーツを買おうと決心した。フランス大使館に行かなければならない用事があったからだ。

そして売場に行き、愕然とした。シャネルスーツがまるっきり似合わないのである。似合わないどころではない。シャネルスーツを着ると、私は一・五倍ぐらいのデブに見える。あのツイード素材が、とにかく膨張して見せるのだ。

恥ずかしながら、私のサイズはついこのあいだまで40であった。しかし十キロ以上太った私をちらりと見て、店員は44を持ってきた。屈辱に震えながらもそれを着ると本当に私は太って見えるのである。

たとえば私がよく着るジル・サンダーだとカッティングによって、ぷくぷくした中年女の体も、ちゃんとシェイプしてくれる。が、シャネルの服は、デブに情け容赦もないのである。

40だったら、痩せて綺麗に見えるが、42か44になると、ひたすら大きく見える。私は鏡の中の自分の姿にうちのめされ、買わないつもりだったのであるが、店員さんに押しきられて、つい黒のジャケットを購入してしまった。ざっくりとした織りで、Vネックに金モールがついているやつ。が、これを一度着ていったら、おしゃれな友人たちが、「すごく可愛いジャケットだけど、すごく太って見える」

と口を揃えて言うので、すっかり悲しくなってしまった。

ほっそりとした可憐な女にシャネルは買えない。が、シャネルを買えるいかつい体つきのおばさんに、シャネルは意地が悪い。本当に不思議なぐらいにだ。それは、

「もっと体を磨け、シェイプしろ」

というメッセージであろうか。ちなみに買ったばかりのジャケットは、ファッションン誌の編集者のアドバイスに従って、お直しに出すことにした。

「サイジングで、服は変わります。やってください」

本当に、シャネルは厳しくハードルが高い。

# オペラを聞きに行く途中にもあった、オシャレの〝落とし穴〟

メトロポリタン・オペラが来日した。

今回の震災で公演中止になるかと思っていただけに、今回は本当に嬉しかった。原発を怖がって二人のスター歌手がキャンセルしたものの、ものすごく豪華なキャスティングである。

やはりオペラ好きの友人と、何を着ていこうか、ということについて相談した。

「上野の文化会館だと思うと、あんまりおしゃれする気しなくなっちゃうなあ」

と私。上野までのアクセスについて、これまでいろいろ試してみた。タクシーで行くのがいちばんいいのであるが、これはお金がものすごくかかる、時間がよめないという欠点がある。そうでなくても帰りはタクシーで帰ることになるので、行きは電車で行こうと思う。地下鉄銀座線は空いていてとてもいいのだが、出口から文化会館までかなり歩かなくてはならない。山手線だと、公園出口のすぐ目の前が東

京文化会館なのであるが、ラッシュ前の時間帯でもかなり混んでいる。であるから
して、ヒカリモノや、長めのワンピースを着て、あの山手線に乗るのはちょっとね
え……と私が言ったところ友人は、
「あら、私はロングのドレスだって山手線に乗るわよ」
と驚くべきことを言うではないか。
「オペラ聞きにいくのに、そんなに人の目気にしていられないもん。人にジロジロ
見られたって平気」
「でもさ、帰りはプログラム持った人がいっせいに乗ってくるからオペラ帰りって
わかるけど、行きは単に派手な人と思われないかなァ……」
なおも不安が残る私であるが、最初のオペラの日、山手線で行くことにした。そ
の日のいでたちはプラダで買ったシルクジャージーの黒のワンピースに、やはりプ
ラダのじゃらじゃらとボリュームのある黒いアクセサリー。これがとっても可愛い
んだな。私が着なければですが。人前でノースリーブの二の腕を見せる自信は全く
ない。ゆえにカーディガンを羽織る。このカーディガンというのは実にクセもので、
ヘタをすると、いっきにオバさん化を進ませるアイテムだ。
誰もが経験あると思うが、鏡の前でコーディネイトする。ノースリーブのシャツ

やワンピを着て、それなりにバランスがとれていると思う。しかし、二の腕隠しのため、あるいは冷房対策としてカーディガンを着るとすべておじゃんである。全体的にもっさりとしてくるのだ。

この対策として、カーディガンは袖を通さず、ふわっと羽織るだけにしたことがある。しかしファッション雑誌だとあんなに素敵なのに、これをやると全体がもっさりどころかふくらんでくる。大きな台形が出来上がるのでデブはやらない方がいい。結局その日私が選んだのは、ダナ・キャランのグレイの透けるカーディガン。透けていっぱいラメがついている。もう十五年以上前に買ったものであるが、フォーマルにも使えて本当に重宝している一枚だ。

そして最後に靴ということになるのであるが、これが悩みのタネである。梅雨どきでもあるし、この頃節電のために、どこの駅でもエスカレーターが止まっている。私は上りの階段は、どんなに長かろうとトントン上がっていけるのであるが、下りは本当に苦手。二度足を滑らせて落ちたことがトラウマになっているのだ。私は自分が下りの階段が苦手なことは、この繊細な心根のせいだと考えていたのであるが、知り合いの医師から、

「間違いなく老化現象」

とせせら笑われた。年とってくると、人間、上りより下りの階段がつらくなってくるというのだ。

これを聞いてから出来るだけ手早く、手すりに近寄らずに階段を降りるようにしている。そのためにも高いヒールなどとんでもないことだ、というわけで無難な三センチヒールの黒のエナメルを履く。おばさんっぽいデザインだが、安全のためには仕方ない。

こうしてうちから乗り継いで山手線という堅実なコースをたどった結果、なんと四十分前には劇場に到着してしまった。

ロビーに座って人々の服装をチェックした。時節柄か地味な服装の人が多い。中年や初老の女性が目につくが、彼女たちの靴が、みんな私と同じように三センチの太いヒールなことに気づいて愕然とする。私のは一応プラダだけど、ヒールの太さはあちらと同じ。やはり無理してもピンヒールにすべきだった……。

「お待たせ」

遅れてやってきた友人は、マノロの新作を履いている。やられた、と敗北を噛みしめる私。が、こういう勝負はわりと好き。

# 「恋愛上流階級」の告白から感じ取った、ダイヤのチカラ

長谷川理恵《はせがわりえ》さんの話題の本『願力』はとても面白かった。

恋愛の「上流社会」の方たちの生活を垣間見ることが出来たからである。

私などエラそうに恋愛相談したりしても、所詮は四畳半からの出発。若い頃はビンボー人とすったもんだして、上つ方とは全く縁がなかった。

そこへいくと、長谷川さんは輝やくような美貌でミスキャンパスから売れっ子モデル、バブルの頃は、それこそ蝶よ花よとちやほやされた方である。

私は初めて理恵さんと対談した時、開口いちばん、

「今までモテたでしょ」

と思わず聞いてしまった。こういう時、女優さんやタレントさんは、必ずといっていいほど否定する。同性に嫌われたくないという防衛本能が働くのだ。しかし彼女は、

「すごかったですよ、ふふふ」

と微笑した。その時になんと率直な女性だろうと好意を抱いた私である。例の不倫騒動で、世間からはバッシング気味であったが、

「こういう女性だったら、確かに男の人は夢中になるであろう」

と納得させるだけのことはあった。

若いが、どこか醒めているところも、ミステリアスな魅力に溢れていた。

事実つき合う男性も、有名なお金持ちの俳優さんばかりだ。私はそれまで小説家として、ものすごくカッコいい男が美女を口説くシーンを何度か書いてきたが、悲しいかなそれは想像の範囲内のことであった。俳優だ、Jリーガーだ、といった方とはほとんどおめにかかる機会もない人生であった。

しかし理恵さんは恋愛の特権階級であるから、そういう男性から口説かれまくっていたわけだ。豪華なプレゼントをしてもらっていることも本の中で率直に告白している。だからこそ、いまのご主人からもらった、ハリー・ウィンストンのダイヤを、瞬間「小さい」と感じることが出来るのだ。なんというマリー・アントワネットのような人生。羨しい。

理恵さんはもう高級ブランドは卒業したが、宝石は必要なもの、と書いている。

私は恋愛の「下層階級」出身であるが、この感覚はわかる。大人の女であったら、いい宝石は身につけなくてはならないと、この頃痛切に思い始めていたからだ。

今から二十数年前のことになるであろうか、当時最高におしゃれで美しいとされている女優さんと食事をしたことがある。その方はシンプルな黒のワンピースをお召しであったが、指に大きなダイヤをつけていた。それが何とも素敵だったことを憶えている。

あれから月日がたち、私も幾つかのダイヤを所持するようになった。夫からもらったエンゲージリングはよく光る。小さいけれどヴァンクリーフである。これとは別のスクエアのダイヤは、ミキモトに頼んで石を探してもらったもの。

「このくらいの大きさなら、まわりを小粒のダイヤで囲んだ方がいいですよ」

としきりに勧めてもらったが、あえてシンプルなそっけない形にした。ふだん使いにしたかったのと、指輪というのは、デザイン次第でとんでもなくおばさんっぽくなることを知っていたからだ。

太いリングや大きな色の石は、間違いなく「金持ちのおばさん」に見えてしまう。そうかといってあまりデザインを遊ぶとおもちゃっぽくなる。さっき言ったように、ダイヤや真珠のまわりを細かいダイヤで囲むというのも、かなり保守的な感じになってしまうはずだ。

さりげなくダイヤをつけるのは、なんとむずかしいことだろうかと思っていたのであるが、ある時気がついた。何ということはない。よそゆきではなく、毎日指にはめればいいのだ。今はちょうど夏である。白や涼しい色に透明感のあるダイヤはよく似合う。エメラルドやサファイアと違って、着る服を選ばない。

朝、ジュエリーボックスをのぞいて、

「これはちょっと大きいかも」

と思っても、エイ、という感じではめることにした。意識しないくらい毎日身につけていれば、宝石はその人になじんでいくのであろう。

私のまわりにおしゃれな人はとても多いが、みなアクセサリーの使い方がバツグンである。私は夏のために、貝や石を使ったもの、プラスチックの面白いものをいくつか持っていたが、年ごとに似合わなくなっていくことに愕然とする。艶のなくなった肌は、キッチュなものを拒否するのだ。そういう時、本物のダイヤの手助けを借りることにする。真珠は大好きでいっぱい持っているが、夏にはやや重いかも。夏の陽ざしをダイヤが反射させる時、私は一瞬「上流社会」の仲間入りが出来るような錯覚が起こる。

# 夫婦が〝進化〟するのは結構だけれど、あまりにキマっていて隙がないのも、なんだか共感できない

小さなパーティーに出席した。ごくくだけた会で、夕方からさっと集まり、シャンパンと簡単なおつまみを楽しんで帰る。そこで三組の中年のご夫妻を紹介された。みんなよく似ていた。夫妻とも背が高くておしゃれで、カジュアルだがお金がかかった服装をしている。そしてちょっぴり尊大で感じが悪い。夫婦ともゴルフが趣味で、めちゃくちゃうまい、といったイメージである。

「ふーむ」

私はうなった。ひと昔前ならこんな風に、夫も妻もカッコいい夫婦というのはあまりいなかった。財界の誰それ夫妻というのをお見かけしたことがあるが、奥さんは美人でも旦那さんの方はあまりイケていなかったはずだ。

あれはもう二十数年も前のことになるであろうか。バブルの真最中によく行なわれた、とても贅沢なオペラの引越公演であった。初日とあってロビイは招待客でご

ったがえしていた。企業のトップの方と、その夫人が多かったが、私に誰かわかるはずはない。一緒に行った女友だちが教えてくれたのである。彼女は顔見知りのそういう人たちに挨拶をした後、私にそっとささやいた。

「今日は本妻の品評会ね」

まだ夫ひとりで公式の場にくることが多い時代だったのである。今夜のような同伴は珍しい。しかし彼女の口調にかなり意地悪さが含まれていたのを憶えている。たぶん当時彼女自身不倫をしていたのではなかろうか。そしてそうした〝本妻さん〟たちが正直言ってそんな素敵ではなかった、ということもある。

スーツ姿のご主人たちが堂々としているのに比べ、奥さんたちの服装が今ひとつサエなかった。ある大企業の社長の奥さんは、地味な眼鏡をかけ、オペラだというのに父兄参観に行くようなスーツをお召しだった。

「サラリーマン社長だと、ああいうことになるよねえー」

友人の言い方はやっぱりかなり辛らつであった。

「ほら〜、旦那の方はどんどん出世して、どんどん貫禄を身につけてく。だけどね、奥さんの方は家にいて、社宅時代のままセンスも変わんない。お金を遣うことも知らない。だからこういう風にオペラに引っぱり出されると、夫婦であんなに差が出ちゃうのよね」

そして彼女はほら、あちらはさーと、ロビイでもひときわ目立っているご夫妻に視線を向けた。私でも知っている、昔からの有名企業のご夫妻だ。奥さまはオペラにふさわしいラメのスーツを見事に着こなしている。濃い化粧も場にかなっていて、すべてに堂々としていた。

「昔からのオーナー企業っていうのは、奥さんもやっぱりお金持ちから稼いでくるから綺麗よね」

なるほどそういうものかと感心はしたけれども、私はちょっぴりおどおどとしていた、素朴な社長夫人の方にずっと好感を持った。オーナー社長夫妻というのは、いかにもお派手でエラそうで、ちょっと近づきがたい雰囲気だったからである。

あれから月日は流れ、夫婦というのは進化しているなアと思う。あのオーナー夫妻よりも若くて、場慣れしていてはるかに美しいカップルをこの頃よく見るからである。

確かに素敵であるが、まあたぶん友だちにはなれないだろうなと思う。これはもう嫉妬だと思ってくださって構わないのであるが、ああいう夫婦ってかなりの確率で感じ悪い。話をしても何かエラそう。

庶民レベルのおしゃれで綺麗な夫婦ではなく、ある以上のクラスで、もはや完成形となりつつあるカップル。

「昔からのお金持ちなんでしょうね。どっかいい学校の同級生だったんでしょうね」

と思ってしまう私。

まあひとつの救いは、今日居合わせた男友だちの、

「ああいう夫婦ってどこかウソっぽいよなア」

という言葉であろうか。そう、私が共感出来ないのはそういうところなのだ。夫婦が二人ともあれほどキマっていて隙がないのは、なんかイヤな感じである。しかし何年か待てば、かなりの確率で離婚のニュースが入ってくる。

「やっぱりどんな人も、不幸なめに一回はあうのね」

と思うのもつかのま、すぐにどちらかは、前の人と同じレベルの相手と結ばれる。そして全く似た感じでパーティーに仲よく出席する。やっぱり好きになれないのだ。

# ファッションの話。〝無難〟という港にたどり着くにも、今の風にいっぱいあたらないと!

着物で「顔が赤くなる」という言葉がある。それは着るものがどんどん派手になり、顔と似合わなくなってきた、という意味だ。

洋服の場合、これは「イタい」ということになろう。街を歩いていて、ロングヘアにショートパンツ、Tシャツの重ね着の女性が前をいく。よくある若い人の格好であるが、どこかヘンなのだ。何かの拍子にその人の顔を見てなるほどと合点した。顔はまるっきり中年の女性なのである。

彼女にしてみれば、ダイエットやトレーニングに精を出し、若い頃と同じような体型を維持している。好きな服を着て、何が悪い、という感じなのだろう。しかし髪や脚の艶は若い人とまるで違う。サイズは同じだとしても、肉のつき方はやはり中年のものなのだ。そこを知らない人はやっぱり「イタい」と言われても仕方ない。

テレビのバラエティ番組で、お嫁さんとお姑さんを変身させるというものがある。

テレビ局の都合によるものであろうが、この時に協力してくれるお店というのは、わりと安価なセレクトショップだ。ワンピースが一万円台ぐらいであろうか。ここでスタイリストにコーディネイトしてもらうと、お嫁さんはたいていセンスよく可愛くなる。しかしお姑さんの方は、かなりの違和感が出てくる。中年の女性に、白レースのぴらぴらした服は似合わないのだ。ハイブランドとまではいかなくても、お姑さんの場合、上質の素材を使ったものではないと、その魅力をひき出すことは出来ないと私は断言してもよい。

そう、つねづね私は、次のように言い実践してきた。それは、

「女は年をとるにつれ、ややコンサバにならなくてはならない」

若い人の真似をして、花柄パンツにフラットサンダルをはくよりも、ストッキングにヒールの方がはるかに美しく見えるというのは、誰もが感じることであろう。

というわけで、私は常日頃はミニマリズムで上質なジャケットにスーツ、といったものを身につけている。が、これだけでは私の〝乙女心〟を満足出来ないので、ちょっとくだけた時はイタリア製のガーリッシュなものを着る。それでも、青山通りの裏を車で走っていると、ちょっと淋しい気分になるのである。そこにはかつて私がよく着ていたコム・デ・ギャルソンやY's、イッセイ・ミヤケといったエッジな

ブランドショップが並んでいるからである。

似合う、似合わないはともかくとして、髪を流行の型にして、ああいうものを着ていた若い日の私がたまらなく懐かしい。中年となった私は、もうあのブランドを着るエネルギーがないものなア……。

が、私のまわりには、何人か「ギャルソンおばさん」が存在している。若い時のファッションをずっと着続けている女性たちだ。白髪をボブにしたり、三つ編をしたりしている彼女たちは、ちゃんと今でもギャルソンを着こなしているからすごい。とはいうものの、こういう人たちは、かなりのセンスやおしゃれ哲学を持っている人種に限られている。たいていの中年女性は、私のようにいろいろな服の冒険を重ねながら、〝無難〟という港にたどりつくのがふつうであろう。

ところでつい先日のこと、仕事が早く終ったので、若い編集者と一緒に伊勢丹のバーゲンに出かけた。二十代の人とセールに行くのは本当に楽しい。自分の知らないブランドを、いっぱい教えてもらえるからである。

「あ、ハヤシさん、私が前から狙ってたワンピがバーゲンに！」

彼女は興奮している。初めて名前を聞くイギリスのデザイナーである。ものすごく先鋭的な洋服バックだ。前からだとレースのワンピだが、後ろから見るとカーキ

のショートパンツというのを手に取り、彼女は試着室に入っていった。その時、

「ハヤシさん、お久しぶり」

と声をかけてきた中年女性がいた。大昔、コピーライターの学校で一緒だった人だ。

「今、何をしてるの」

「代理店に勤めてるけど」

失礼な聞き方をしたかな、と思った。その時の彼女のファッションは、やはりふつうの勤め人ではない。コットンシャツに面白い形のネックレスを垂らし、太めのペンシルストライプのパンツといういでたちは、やはりマスコミで働く人のものであろう。そしてこの売場の服を手にしている。

対談の後だったので、ジャケットにスカートという組み合わせの自分が、急におばさんっぽく見えた。ともかく、今の風にいっぱいあたった私。「イタく」ない程度に若い人のブランドをいっぱい買って帰ってきた。

# 小さなルールに敏感でいることが、大人の女性の証し。「奥ゆかしさ」も、そこから滲み出るのだ

中年女性は、出来るだけナマ脚はやめた方がいいと、日頃から言ってきた私であるが、この夏のひどさについ負けてしまった。ストッキングをはこうものなら、太もものあたりがむずむずしてくるのである。

よってスーツやジャケット以外は、自然とナマ脚になってしまった。そして見るともなく若い人の脚と自分の脚とを比べてみると、太さもさることながら、艶がまるで違うことに気づいてしまったのである。

あたり前のことであるが、私の脚は乾いて色が悪い。生気がないといった方がいいかもしれない。若い人の脚は白いままでもみずみずしいのである。

それを知っているから、ヨーロッパのマダムたちは脚を灼くのであろう。ミラノに行って驚いたことは、雑誌に出ているとおりみんなこんがりとしたテラコッタになっていることだ。そして素足にハイヒールを履いている。私の脚が乾燥した大根

とするならば、オリーブ油で揚げたゴボウであろうか。てりがあって黒くてまっすぐ。

「カッコいいよねー。私も真似してミラノマダムみたいにしよう」

とファッション関係の人に言ったところ、

「湿気の多い日本では無理」

と言われてしまった。

「素足にサンダルはありだけど、素足にハイヒールは日本ではかなりつらい。すぐに蒸れるよ」

ということであった。

というわけで、カバーソックスの登場である。このあいだ新宿駅構内のショップで、グレイのそれを見つけた。革のフラットシューズ（ベージュ）に合わせたらなんかいい感じ。

「見て、見て」

と秘書に自慢したところ、

「グレイがはみ出していてヘンですよ」

と言われてしまった。

「じゃあ、何色にすればいいの？」

と尋ねたところ、

「ストッキングみたいな肌色が目立たなくていいんじゃないですか」

ふんと今度は私が鼻白む。

「あのベージュカラーって、それこそおばさんっぽいじゃないの」

「そうですかね。グレイがはみ出して見えるよりいいと思いますけどね」

ダメ、ダメ、と私は怒鳴った。

「こんなおばさんが二人やり合ったってダメだよ。ちゃんとわかる人に聞いてみよう」

ということで、若い人のための雑誌をつくっている人に聞いたところ、

「確かにベージュはおばさんっぽいかも。今の若い人は黒やグレイをわざと目立たせるようにはいてる。それか透きとおるソックスにしてるよね」

そうかァ、世の中はこういう小さなルールが出来上がっているのだ。

ついこのあいだのこと、同じ年頃の友人が、ベージュのハイソックスをはいていたことがある。あのストッキング素材のやつを、スカートに合わせていたのだ。失礼ながら足元から「おばさん」がむんむんにおうようであった。後ろ姿に向かって、

「あれってまずいんじゃない……」

ささやきあう私たち。ああしたベージュのハイソックスは、パンツの下にだけはくものだと思っていたからだ。しかし、

「もしかしたらアリなのかも」

と言う人がいて、ますますわからなくなってきた。

ファッションに関して、小さな決まりが幾つもある。若い人ならばそれを破るのは可愛い。しかし中年になるとかなり注意しなくてはならないだろう。若い人のアイテムを着用する場合は特にそうだ。私はファッション誌を読んだりして研究する。ところでマナーといえば、お座敷にあがる時に、ナマ脚の女性が多くてびっくりする。ある有名料亭の女将《おかみ》さんが言う。

「うちの布き清めた畳に、若い女の子たちがベタベタ裸足で歩かれた時、本当に気絶しそうになりました」

このあいだ年下の友人を食事に招待したら、ワンピースに白い木綿のソックスをはいていた。不思議な組み合わせだが、今、そういうのが流行かと思ったら、お座敷と聞いて急いでコンビニで買ったという。こういう心配りが出来てこその大人の女性であろう。そしてそういう大人の女性が、お座敷にあがった時、ストッキング

ごしに派手なペディキュアが見えるのはいいものですね。奥ゆかしくて上品な女性が、ブルーの地のアートに、ラメがキラキラ、というのは大人の遊び心という気がする。私も今年は派手なオリーブグリーンにしてみた。サンダルで見せるとちょっと恥ずかしいが、ストッキングごしになるとかなりいいかもと気に入っている。

## 四十代のファッションにホントに大切なもの。それは、「清潔感」と「捨てる勇気」と「収納力」

中年以降のファッションにいちばん大切なものは、「清潔」と答えるようになったのは、この二、三年のことである。老眼がめっきり進むようになったからだ。

よく若い人と同じようにロングヘアにしている人がいるが、あれは絶対にやめた方がいい。カラーリングをこまめにしていても、艶はなくなり、ぱさついた印象になってしまう。肌の手入れは基本中の基本で、多少シミがあろうと皺があろうと、きちんと整えられた眉と綺麗な肌があれば何とかなるものだ。

が、そういうこと以前に、最近私には多くのことが課せられるようになった。そお、着るものが次第に危険をはらむようになったのである。

もう二十年以上前の話である。小説の取材のために、ある女性評論家を訪ねたことがある。この方はあまり世間的には知られていないが、戦前の有名社会思想家の愛人として、かなり〝とんでいる〟存在であった。当時は年下の夫と暮らしていらしたが、もう九十歳を超えていたはずだ。

玄関まで本がぎっしり詰まった木造の家を、私はとても好ましく見つめた。その後、近くの豆腐懐石のお店で会食をしたのであるが、頭はしっかりしていらして、お話も知識と機知にとんだものであった。

しかし、会食の最中、ふとその方のスカートを見てちょっとびっくりした。黒いスカートにご飯粒がついていたのである。

「いくら知性にとんでいても、年をとったら身のまわりに本当に気をつけなきゃ」

と、しみじみ思ったことを憶えている。

さて、あれから年月がたち、老眼が進んだ私はかなり恥ずかしいめに遭っている。家の近くの鮨屋で人と待ち合わせ、ビールで乾杯した。その時、私は信じられないものを見た。ふだん着の白いセーター、カシミア入りのかなり気に入ったものだったのであるが、袖口が薄汚れているのである。家では気づかなかったのであるが、お鮨屋の明るい蛍光灯の下でははっきりとわかった。私はきまり悪さのあまり、手をカウンターの下に隠したものだ。

黒いジャケットやスカートも、陽のひかりの下で見ると、白いものがついていることなどしょっちゅうある。あるファッションメーカーのイベントの時、審査員で

ある私はステージに立った。そのリハーサルの後、広報の人が、

「ハヤシさん、失礼ですけど、」

とそこの真新しいタイツをくださった。私のタイツは白い毛玉がいっぱいついていたようなのである。

この時私は決めた。

①「人前に出る時、シミや汚れを必ずチェック。ストッキングやタイツは新しいものをはく」

②「白いインナーを着る時は、クリーニングの袋を破ったものを着る」

ところがジャケットの下にこの②を着て、外出先に出かけて行った。なにしろ②だから自信がある。堂々とふるまい、ふとトイレの鏡を見た私はびっくりした。これも明るい蛍光灯の下である。白い極薄のニットのインナーの胸元に、小さなシミが一点、そしてごくごく小さな穴が二点発見されたのである。

私はもう本当に恥ずかしく、居合わせた人からスカーフを借りてその場をしのいだ。そして家に帰りさっそく捨てようとしたのであるが、

「ちょっと待って」

という声が。

この薄手のハイネックのニットは、ブランドもののカシミア入り、ふつうのジャケットくらいの値段がした。捨てるのはやはり惜しい。

「これから冬だもの、Vのセーターの下に着ればいいじゃん」

温かいんだし、見えないんだし……。しかし私はまた考える。

「眼も悪くなったし、もの憶えもうんと悪くなった私。きっとこのニット、また着て外に出かけてしまうに違いない。そのリスクを逃れるために……ゴメンね」

そのニットをくず箱に捨てたのである。

ところで何とかしようと思っても、洋服は年々増えるばかりである。もううちのクローゼットでは対応出来なくなってきた。それにいくら収納出来るラックがあるといっても、クリーニングの袋にかかった季節はずれの洋服が、ずらーっと並んでいるのは、やはりだらしない光景である。ある日私はインターネットで貸し倉庫屋を見つけた。送られてきた紙の大きな箱に洋服をかけると、ワンシーズン預かってくれたうえに、すべてクリーニング、防虫してくれるのだ。先週ここからコートや冬のジャケットを取り出した。中年はこういうところにお金かけなきゃ。ホント。

# Beauty

## 四十代にとっては、「美のメンテナンス」自体がもう一つの美なのだ

# 〝お直し〟に必要なものは「開き直り」。美しさを手に入れるには、戦いを挑む覚悟がいるのだ

この「STORY」の姉妹誌、「美STORY（美ST）」に、ちらっと出たところ、ものすごい反響があった。会う人、会う人、

「見たわ！　びっくりしちゃった」

「あんまり驚いたんで電話したわ」

と口々に言う。

私は何度か、雑誌の表紙に出たことがあるが、その時よりもすごかったかもしれない。なぜこれほど、みなが騒いだかというと、そお、私がダイエットに成功していたからである。プロのヘアメイクがつき、プロのカメラマンが撮ってくれているのだから、キレイに撮れていなくてはおかしい。

たいていの女性誌は、いろいろテクニックを駆使して、そりゃあキレイに撮ってくれる。主にパソコンであるが。

そう、そう、パソコンといえば、話がそれるがこんなことがあった。今年、学年はじめ、子どもの学校に提出する家族写真を撮らなくてはならなくなった。が、いつもお願いする青山の写真館が休みだ。うちの夫がインターネットで見つけ、原宿のフォトサロンというところを予約した。が、にぎやかな竹下通りを探すうち、なにか嫌な予感がよぎった。

「もしかすると、高盛りヘア、おめめラメでキラキラの、キャバガール専用じゃないでしょうね」

まあ、そんな感じもなきにしもあらずであるが、なんとかそこで撮影を済ませた。その後すぐにパソコンで画像を見せてくれ、二点選ぶことになったのであるが、私は激しいショックを受けた。デブの体型のくずれたおばさんがそこに写っていたからだ。

「ああ、これ何なの!!」

おばさんであるから、遠慮なく大きな声をあげた。

「ひっどいワ、ひどすぎるワ!」

私は自分のことを言ったのであるが、フォトスタジオの方では、何か恐縮してしまったらしい。四日後、プリントしたものを受け取りに行った私は、再び絶句した。

全くの別人がそこには写っていたからだ。体も顔も、三分の二ぐらいになり、ほっそりとした顔には、シワも弛《たる》みもない、年齢も三分の二になったようだ。どうやら、

「あのおばさん、うるさそうだから、うんと直しとけ」

ということで修整に修整を重ねたらしい。それにしても、いくら何でもこれはやりすぎではなかろうか。しかし私はそれを戒めとして、写真立てに入れて置いている。そしてこの写真の自分に少しでも近づこうとダイエットを始めたワケだ。

ところで、今月号の「美ＳＴＯＲＹ」すごかったですね。何がすごいかは、いろいろ問題があるのではっきりとは言えないけれども、みんな本当にこの人を美しいと思っているのか、この人をお手本にしたいのだろうか、と思う方がグラビアに出て、いろいろ語っていた……。

ところで（ものすごく不自然な話題の変え方であるが）つい先日、街を歩いていたら、向こうから知人が歩いてきた。その時私は「キャッ」と小さな悲鳴をあげていた。なぜなら、お直しにお直しを重ねている彼女の顔は、日中、正視出来ないぐらいコワかったからである。

美容整形にまつわるホラーは、まだいくつかある。このあいだ、夜の新幹線の中でばったり会った知人も、やっぱりすごくコワかった。夜の車輌の蛍光灯というの

は、顔におかしな陰影をつけるようなのである。

今の世の中、多少の〝お直し〟は仕方ないとしても、時々、

「どうしてここまで！」

と思うような方がいる。あるパーティーで、お金持ちのご夫妻とテーブルが一緒になった。宝石をいっぱいつけた奥さまの、その美貌がご主人は自慢の種だったようだ。うれしくてたまらない、という感じ。確かに若い。不自然なくらい若い。ヘンに目尻が上がった目、なんか厚い唇と、リフティングした上で、いろいろ手を加えた顔である。

「この頃、こういう風なアメリカ式の整形美女が増えたなァ」

と感慨にふける私。

ニューヨークやロスの、お金持ちが集まる店へ行くと、洋服にも顔にもうんとお金をかけた中年女性を見ることが出来る。私はああいう迫力ある美人がわりと好きだ。年とることにノーと宣言し、戦いを挑んだのである。その戦士としての生き方が顔に表れている。

が、日本で整形をバンバンしていて、カッコいい人というのをあまり見たことがない。皮膚が薄く、凸凹の少ない日本人の顔に、メスを使う整形手術は合わないの

だ、という意見もあるが、私はそれよりもメンタリティの問題があると思う。

「年とるのイヤだから、顔にお金かけて何が悪いの」

という開き直りが、日本人女性には欠けているのである。

「整形？　イタそうでコワいわー。イヤだわー」

と、みんなカマトトぶってこっそりやる。そのヤらしさが顔に出ているような気がするのだ。私はやるなら、堂々とやる。物書きだからエッセイの一冊ぐらい書いてやろう。が、昼の街とか、夜の新幹線でもコワくない〝お直し〟が開発されてからのことだ。

## 化粧品というものは女を選び、女を拒否する。だから率直な「生きる鏡」が必要なのだ

デパートの化粧品売場が苦手、という人は結構多いのではないだろうか。ちょっと試しているとすぐに寄ってきてあれこれ言われる、一ケ買えばラインのものをいろいろ買わせようとする。ああした美容部員の人をちゃんと〝使いこなせて〟こそ、一流の美容フリークだそうだが、まあ、ふつうの人には出来ないことであろう。

私は雑誌で見て「コレ!」と思うものを買う以外、化粧品売場には近づかない。必要なものだけをそそくさと買って立ち去る。何とはなしにぶらぶら歩いて、興味のあるものを手にとってみる、などという余裕が私にはないのである。

その替わり、ドラッグストアを歩きまわるのは大好き。「これはまるでタトゥー」とか「塗るつけ睫毛」などという文字が躍るアイメイクのパッケージを時々買ってしまう。が、これは失敗する確率がとても高い。

六色の「目がまるで魔法のように大きく見える」アイシャドウは、ラメが入り過

ぎていて、大人の垂《たる》んだ瞼には似合わない。そしてマスカラは、確かにたっぷりつくのであるが、そのつき方がどう見てもヤンキーなのである。

「あれ、まー！」

化粧品というものが、これほど女を選び、女を拒否するものだと初めて知った。そもそもドラッグストアの化粧品というのは、開ける時からものすごく腹が立つ。おそらく万引き防止のためだと思うのだが、三重にも四重にもした頑丈な封がしてある。破ろうと失敗し、ハサミでも切れず、カッターも通らない。最後はヒステリーを起こして歯でひき裂こうとする私である。

そういえば、下地いらず肌がピカピカになるファンデーションというのもつらかったなあ。夕方になると肌がガサガサしてくるのである。

とはいうものの、こういうリスクもお楽しみのひとつ。ドラッグストアの品物は、どれもたいていは安価なものなので、自分の心を若々しく保つためのアイテムと見るべきであろう。あそこに立つと、世の中の流れがよくわかるし、女の人がどういうものを望んでいるのかも何とはなしにわかる。ダイエットの品物は永遠のベストセラーらしい。らしい、などと他人ごとのように言うが、私もどれほど多くのものを購入したことであろうか。フスマ入りビスケット、一週間のプロテインドリンクなど、棚にはおなじみのものが並んでいる。

そういえば何年か前、男友だちに、

「私が痩せないのは、便秘のせいだと思う」

と話したところ、六本木のマツモトキヨシの前で、ちょっと待っててと言われた。しばらく立っていたら、

「はい、これプレゼント」

と包みを渡された。開けてみると「ウ○コどっさり」というサプリメントだ。

「これいいよ。飲むと翌朝どっさり出るよー」

と彼からのアドバイス。男と女でも全くの色気がないことはなはだしい。

ところでこの半年くらい、女友だちの目がみんなヘン。不自然でケバいのだ。そう、大流行の睫毛のエクステである。しかし似合っている人はまずいない。つけ睫毛の出来損ないみたいである。私は女友だちにははっきりと言う。

「あのさ、これって、中年の女には向いていないよ。若い女の子がやって、お人形さんみたいにするのはすっごく可愛いけどさ。大人のもう垂れかかった瞼は、エクステを押し上げられないと思うよ」

「そうかしらね」

彼女はぶつぶつ言っていたが、次からもうしてなかったところを見ると、自分でも違和感があったかもしれない。

私は常に言っているのであるが、若づくりと若々しい、というのとは違う。若づくりはよく〝イタい〟という言葉が使われるが、実に的確な表現だ。本当に見ているこちらがつらくなるのである。誰とは言いませんが、マスコミによく出てくる人で、それこそイターいと思う女性がいる。うちの口の悪い秘書が、彼女についてこう言った。

「〇〇さん（実は私の知り合いである）は、女友だちいないんじゃないでしょうか。もしいたら、髪を何とかしなさいよ、メイクを何とかしなさいよ、って注意してるはずですよ」

彼女は私にもすごく厳しい。

「ハヤシさん、そんなキチキチなもの着るとお肉が目立つだけですよ」

「はっきり言います、すごーくヘンです」

この私が睫毛のエクステなどしたら、彼女に何を言われるかわからない。もう夫からもアドバイスをもらえない年頃の女にとって、こうした率直な女は、まさに生きている鏡なのである。

## どう讃えるべきか悩ましい、美女たちの不自然に美しい「のっぺり感」

私のところに原稿依頼は、よくファックスで届けられる。

「最近の女性の化粧は、アイメイクから唇へと移ろうとしています。これは女性が自分の顔のパーツの魅力をよく理解出来るようになったということ（中略）そして社会進出によるものとも考えられます。林さんにはぜひ、女性の社会へのとらえ方と、女たちの新しい主張から生まれた最近の唇のメイクについて、原稿用紙五枚程度お書きください」

この依頼書は、今私がつくった架空のものである。念のため。時々こんなふうにものすごく長い、コンセプトがしっかり書かれた依頼書が届く。

そんな時私は、

「このまま原稿にすればいいじゃん……」

とつぶやくのである。

もう編集部が何を言わせたいかは明確で、それに添って原稿を書くなんてしんどい仕事である。こういう原稿は、ファッションやメイクにも詳しくなくてはならないし、しかもきっちり三枚とか五枚とあるのもむずかしい。心に残るよいお言葉も用意したい。

しかも、ここが大切なところであるが、あんまり儲からないのである。連載のエッセイと違って、こういう切れ切れの原稿は、単行本にするのがむずかしい。よって印税も入ってこないのだ。

そんなわけでグータラな私は、絶対に避けてとおりたい仕事である。たぶん引き受けたとしても知識がなく、いい原稿は書けないはずだ。

しかしこういうファッションコラムを、実に素晴らしく書く方がいるのである。言わずとしれた齋藤薫《さいとうかおる》さんだ。

物書きとして断言してもいいのだが、現在、ファッションや女性の生き方に関してこんなにうまい書き手はいないのではないだろうか。こんなことは私に言われなくても、編集者の方でわかっていて、どの雑誌でも引っぱりだこである。ほとんどの女性誌に齋藤さんのコラムが載っていて驚く。

「いい女と呼ばれるための二十ヶ条」「エレガントとは」「女優寺島《てらしま》しのぶの生き方

について」（ちょっとタイトルが違うかもしれないが）

エッセイを書く身だからわかるが、これだけの文章を、質を全く落とさずに維持出来るなんて奇跡に近い。中身もかぶっていないなんて凄すぎる！　才能があるうえに誠実な方なのだ。一度だけおめにかかったことがあるが、本当にエレガントで美しい方であった。であるからして説得力がある。今日美容院で読んだエッセイでは、いい女の条件として、

「目立つけど浮かない」

「脚も大切だが腕も美しい女」

「白をセクシーに、黒をキュートに着こなせる」

などというのがあってうなってしまった。

読んだ女が、思わずメモをしようとする言葉を、これだけ多ページにちりばめられる書き手なんか、めったにいるものではない。グータラなくせにセコい私は、

「ちょっと齋藤さん、もったいないよー。原稿料なんかたいしたことないんだからさー。印税が入る連載だけにすればいいのにさー」

などと思ってしまうのであるが、余計なお世話であろう。

とにかく齋藤薫さんを讃えていたら、それだけでここの紙面が尽きてしまう。何

を言いたいかというと、このあいだある女性誌を読んでいたら、齋藤さんが「変化した女」について書いていらした。東西の女優さんやタレントさんを何人かあげ、どうしてこれほど美しく変貌を遂げたか解説をしたのである。

しかし齋藤さんの才能をもってしても、奥歯にもののはさまったようなところがあったのは残念であった。どういうことかと言うと、諸事情により、

「上手な整形手術をした」

というのをお書きになれなかったに違いない。成長したり、吹っきれたぐらいで、あれほど顔が変わるものであろうか……などと私はついツッコミを入れてみたくなったのである。

私は女優さんやタレントさんが整形をするのは、ごく自然のことだと思っているが、もともと美しい人が、造型のどんなミスをも逃さず、完璧なまでにお直しする。それに写真の修整技術が追い打ちをかける。グラビアのアップで見ても、どの角度からも美しい顔、シャープな顎に高い鼻。そして毛穴ひとつない肌。あの美女たちの〝のっぺり感〟はどう言ったらいいのであろうか。この頃のメーキャップ特集も、モデルの顔が修整ばかりで、全く皮膚感がない。あれでどうしてファンデーションのことがわかるんだ！　そんなことも齋藤さんに書いてもらいたい。よろしくお願いしますよ。

# 女というだけでちやほやされた世代は、昔も今も「髪が命」

昔から私はバサバサの髪をしていた。

髪が多過ぎるのと、ブロウがうまくないからである。

世の中には、今、サロンから帰ってきました、といわんばかりの綺麗な髪をしている女がいる。毎日美容院へ行くのかと思ったところ、自分でカーラーを巻き、アイロンをあてているのだという。

私の友人のCAは、ややくせのある髪をショートにしているが、職業柄いつもびしっとしている。八時半に職場に着くためには、毎朝五時半に起きてシャワーを浴び髪を洗う。そしてドライヤーで整えるのだと聞いてびっくりした。私などOL時代、寝グセがない日など数えるくらいであった。

しかし若いうちは、少々パサついていても髪がくしゃくしゃでもサマになる。特にこの何年かの流行は、髪型もカジュアル化がすすみ、あちこちに毛がとんでいるのが可愛いとされる。

知り合いの美容師さんに聞いたら、若い人でブロウに来る人はまずいないそうだ。

「この頃の人は、みんな髪をセットするのうまいですからね。ブロウにくるのは中年以上ですね」

私もその〝中年〟の一人になった。近所のサロンに週に三回、少なくとも二回は行くからである。若い時、髪が多いうえに太いのが本当に悩みであった。どのくらい太かったかといえば、高校時代、授業に退屈すると特にすごいのを一本抜き、白い下敷きの上で切断して遊んでいたぐらいだ。横に切断ではない。肉眼で縦に切断し、白い切り口を見ていたくらいだ。ある時、太いのを抜いたらぴんと立ったので友人に見せたところ、

「それ、人間の毛？……」

とこわごわ聞かれた。

しかしこのページでも何度も言っているとおり、年をとるのは何と面白く劇的なことなのであろう。長年の悩みがある日不意に消えたかと思うと、全く正反対の悩みになる。私の髪は急に細くなり、コシがなくなったのである。髪を洗った後、ドライヤーをかけながら丸いコームでブロウするのであるが、うまくいったためしが

ない。髪は完全に乾わききると、バサバサに左右に拡がるのだ。

私は週刊誌の対談のホステスを持っている他、他にも雑誌の取材に出ることが多い。小さいモノクロ写真だからと、サロンに行かず手抜きをすると、もろに老けてみえる。私は五十代になって、髪の大切さを実感したのである。今まで洋服に使っていた分、サロンに使わなくてはいけないと決心した。

そういえば、いいとこの美しい老婦人というのは必ず身だしなみがよく、髪がいつもぴしっとしている。

あるおハイソな家で友だちとお茶をしていたら、ピンポーンという音。

「あら、母が帰ってきたわ。母は、月曜日と木曜日は必ず近くの美容院へ行くから」

と聞かされ、八十過ぎていらっしゃるのに随分おしゃれだなあと思ったことがある。それから何年か後、とても仲のいい友人のお父さまが亡くなった。ご商売をしていたおうちなので、彼女は財産放棄の手続きをとった。兄妹で話し合って、そうする替わりに、お兄さんがお母さんのめんどうをみることになったそうだ。

「母はね、父が生きてる時、週に三回美容院に行っていたの。そういう生活をちゃんと続けさせてくれることが私の条件よ」

この二つのエピソードから、都会のある程度以上の老婦人は、週に何度も美容院に行くということを知ったのである。そこでシャンプーをしてもらい、ブロウもしてもらう。だからいつもきちんとした髪をしているのだ。

顔がフケてくると、髪に艶があり整っていることが、いかに重要かわかってくる。このだらしない私もいつしか腹をすえた。

「三十年も四十年も（もっとか？）、髪をブロウしてやっとわかった。私は人よりずっと不器用だ。それならばプロにやってもらうしかないじゃないか」

私はカットやカラーリングは、青山のさる有名サロンに通うが、ここは十一時開店である。電車に乗らずにサンダル履きでやってくれるところ、しかも開店が早いところとあちこちリサーチし、わが家から五分ほどのところに〝マイ・サロン〟を見つけた。男性が一人でやっていて、しかも八時半開店である！　犬を散歩させ、朝食の後、文字どおりサンダル履きでここで髪をきちんとしてもらう。

今ではここに行かずに、人前に出るのがこわくなっているほどだ。撮られる仕事がなくても、とにかくここに行く。おかげで、

「いつもキレイにしている」

と何人かに言われたことがある。

ところで年とってくると、いつかはウィッグに頼らなくてはならない時がやってくる。

私のまわりで、ボブのウィッグをつけている人が何人かいるけれど、あれってちょっとコワいですね。

インテリの女性に多いのはどうしてなんだろうか。私の友人は、

「なんだかんだ言ってるけど、女っていうことだけでうんとちやほやされた世代。そのことが忘れられないんです」

それがあのロマンティックな髪型になるのか！

# 「女の価値」は、やっぱり、高い代償と引き換えに

久しぶりに時間をつくり、ゆっくりエステに行くことにした。

楽しい、楽しい、素敵なエステ。エステが嫌いな女はまずいないことであろう。

かつて漫画家の柴門《さいもん》ふみさんは、

「女のエステは、男のソープと同じ」

という名言を残された。

「どっちも他人の手を借りて、カラダにすごく気持ちいいことをしてくれるから」

ということである。

私はバブルを満喫した世代であるから、昔から世界のいろんな都市でエステを受けてきた。

「エステを受ければ、そこの都市のいろんなものが見えてくるのよ」

などときいたような口をきき、パリ、ニューヨーク、ローマ、上海、北京、シン

ガポールといった大都市から、エステのメッカ、タイ、バリ島へも出かけた。その結果、

「日本がいちばん」

という結論に達した。極楽気分でうとうとしている時に、英語で話しかけられるのはかなり緊張するものだ。それに日本人女性のやさしさ、きめこまかい心配りというのは、マッサージという施術にとても向いているのではなかろうか。

それにしてもエステの料金は高い。このあいだ高級店でしたところ、いろいろ組み合わせてもらって、なんと十万円近い金額を払った。

ずっと以前、某有名ホテル内の某有名エステティックサロンでは、

「ハヤシさまの場合、AコースとBコースを組み合わせるとよろしいかと思います」

ということで、二つを足した七万円近い料金をとられることに。

「ちょっと待ってくださいよ。このAコースもBコースも、途中までは手順が同じじゃないですか。それだったらその分割り引いてくれるべきでしょう」

と言いたいところだがじっと我慢する。なぜならばエステは、女のソープ。ミエを張るところですもん。

だから私はこの頃流行りの、安いエステは中年女性にはお勧めしない。五千円ぽっきりのエステというのは、日灼けし過ぎたギャルが行くところ。マダムというのは、エステの雰囲気ごと楽しまなくてはいけない。そして気をつけなくてはいけないのは、エステと美容整形が一緒になっているところだ。その気があればいいけれど、何回か行くうちに、

「ハヤシさん、やっぱりここをリフトアップした方がいいですよ」

と必ずお医者さんの方からお誘いがあるのも困ったところ。が、それでも「あと何年もつかわからないけど、とにかく今はエステと自己マッサージで乗り切ろう」

と決意をあらたにする私である。

私がエステに行けるのは、せいぜいが月に一度あるかないかであるが、週に一度、しょっちゅう行っている女性は、確かに肌が違う。綺麗ということ以上に、肌があかぬけていて、そこはかとない光をはなっているのである。女優さんやタレントさんに近い、オーラのようなものが見える時がある。

「おっ、お金かかってらっしゃいますねぇ」

と言いたいような肌の艶と輝やき。

そしてこういう肌の持ち主は、他のネイルや髪にも気を配っている。中年の女性

が、自分にうんとお金をかけ、美しさを保っているのはとてもいい。こういう時私は、

「ビンボー人に美人妻なし」

というミもフタもない言葉が浮かぶ。お金持ちの奥さんを見るたびに、この言葉を思い出す（自分でつくったんですが）。羨しい。しかし羨しがってはいられない。お金持ちの夫を持っていなかったら自分で稼ぐ。これはオンナ業界の鉄則である。かくして仕事を持つ女は、働きに働く。肌はボロボロになる。そしてエステに通うことになる。

私は顔もボディもたっぷり三時間かけてケアをしてもらった後、近くのカフェでゆったりお茶を飲むのが大好き。そしてしょっちゅうこんなことが出来る専業主婦を本当にいいなアと思うのであるが、これはないものねだりというやつであろう。

そしてさらに、すぐに会ってくれる恋人がいたらいいなアと想像する。私の友人は五十代であるが、来て、と声をかけると、仕事もすべて放り出してきてくれる恋人がいるのだ。そんなストーリーも、ゆっくりと反すうする至福のひととき。

ほんの一瞬だが、私って女としてまだまだいけるかもと考える。この魔法の時間は、エステの後おしがあるせいだ。

「自分は価値がある女よ」

と思えるのは、やはり高い代償が必要なのだ。絶対に。

# 女にとって美容医療を施すのは、カツラをかぶるようなものなのである

いやあー、このあいだはひどいめに遭った。

三年ぶりに、サーマクールを受けた時のことである。その時の診療で前から気になっていたことを医師に相談した。

「この目の下、見てください。ぽっこり盛り上がって青く筋になっているんですよ」

それは二年前に入れたヒアルロン酸なのであるが、どうもうまく吸収されず残ってしまったようなのである。

「あ、これはヒアルロン酸を溶かす注射ですぐ治りますよ」

若い女医さんはこともなげに言い、すぐその場で注射をしてくれた。

そうしたら大変なことが起こったのである！　みるみる間に目の下がしぼんでいき、くっきりと皺が出来た。その皺ときたらハンパじゃない。舞台で老婆を演じる

時にほどこすメイクアップといおうか、まるでクレヨンで描いたように太く深い線がくっきり。

　ふだんは私が髪を切ろうと、痩せようと太ろうと、全く興味を示さない夫も驚きの声をあげた。

「その顔、いったいどうしたんだよ」

　私は夫に話をした。

「二年前、エステに行ったつもりが、半分美容外科のスペースで、そこでヒアルロン酸打ったのよ。だけどうまく吸収しないで残ってたんで、それを溶かしてもらったらこうなったワケ」

　もちろん夫は意味がまるでわからなかった。しかしブツブツ言う。

「ヘンなことするから、こんなことになるんだ」

「ヘンなことって、たかがヒアルロン酸だよ。世の中にはバカスカ整形してる女の人、いっぱいいるんだよ」

　反論したところ、

「とにかくその顔、なんとかしてくれ」

　内出血も起こしていたので、皺はさらに深く見える。運の悪いことに次の日パーティーがあった。いくら病院でもらったコンシーラーを塗ろうと、ふだんは使わないカバーマークファンデをこっそり使おうとどうなるものでもない。

「その顔、どうしたの!?」

と皆に聞かれ、正直者《もん》の私はちゃんと説明した。みんなふうーんと言うものの、

「そんなことまでするから……」

という表情がありありと見える。

次の日も次の日も、皺は直らず私の顔の中にあった。目の下のくっきりとした半円は、私を本当に老婆に見せる。

そして私は悟ったのである。これが本当の私の顔なのだと。ずっと若い、若いと言われ続けてきた。お洋服も若めの上質なものを着て、髪はふさふさたっぷりあるから、カラーリングだけで済んだ。肌だってうんとお手入れしているから自信がある。そしてどうしようもない深い皺には、時たまヒアルロン酸を注入した。が、それが抜けてしまった今、私の顔は本来の五十代後半に戻ってしまったのである。

「さて、これからどうするか……」

私は顔をかなり直している同い歳の友人の顔を、次々と思いうかべる。不自然なくらいぱっちりとした目は、上にあがっている。リフティングの効果であろう。実

は溶かす注射の時、女医さんにこう言われていたのだ。

「そろそろ手術してもいいんじゃないですか。この目尻をちょっと切るだけでいいんですから」

が、私はメスを入れたくない。それはどんどんエスカレートする自分の性格を知っているからである。リフティング手術をしたら最後、私はこう考えそうな気がする。

「もうここまでやったんだから、あとは一緒。ついでに鼻も削って、顎も出してもらおう。それから目頭切開して、おメメぱっちり。そうよ、一生に一度ぐらい美人になってみたいもの」

そういうことをし過ぎて、サイボーグみたいな女優さんも知っているが、あれはあれでいいかも。もう、ヒアルロン酸もサーマクールも、プチ整形とか言われて世間じゃ同じに見られているんだもんね。と、千々《ちぢ》に思いが乱れる私であった。

私はもう一度、鏡の中の私を見る。このヒアルロン酸を抜いた私は、ちょうどカツラをとったようなもんなんだ。結論を下すのは、もう一度カツラをつけてからにしよう。

一週間後、内出血がおさまった私は、もう一度ヒアルロン酸を注入してもらった。

そうしたら、目の下はまた元のような〝平野〟をとり戻したのである。もちろん小さな〝畝《うね》〟はあるものの、あの〝巨大クレバス〟は消えた。

そしてサーマスクールの効果も始まり、私のお肌はツヤツヤしている。化粧もばっちり決まる。そして私は、

「あと五年はこのままいけるかも」

とつぶやいたのである。

# ちょびっとの面積で、あまりにも饒舌な、中年女のデコルテ

最近まわりの女たちが、みんなキジカナ、キジカナ、と騒いでいる。ご存知のように、殺人犯の容疑者となっている木嶋佳苗《きじまかなえ》という人だ。

「ハヤシさん、久しぶりに出現した女犯罪者のスターです」

と女性編集者も興奮気味だ。

「あんなにデブでブスなのに、男の人にモテる、っていうところに、女たちはものすごく興味を持ってるんですよ」

しかし、私にはよくわからない。どういうわけか、私の琴線に全く触れてこないのである。

こんなレベルでも、モテない男たちは寄ってくるんだろうな、というくらいの感想しかなかった。しかし裁判を見に行った女性ライターたちによって、キジカナというのは、不思議なオーラがあることがわかっている。口調が上品で甘く可愛らし

い、ということだ。知り合いの弁護士さんもこう言った。

「裁判の途中、彼女が弁護士さんにここまでしていただいて幸せ、とか言ったら、担当弁護士が真赤になったって言うじゃありませんか。法廷で弁護士が動揺するなんてことはまずないですよ。きっと我々にはわからないすごい魅力があるんじゃないですか」

例えに出して申しわけないが、私はキジカナの口調は、元マラソンランナーの増《ま す》田明美《だ あけ み》さんに似ているような気がする。増田さんも、ものすごく愛らしい声、感じのいい喋べり方である。まことに失礼な言い方であるが、増田さんもおそらく、うんと努力して美人の声を出すようになったのではないかと思う。

そして傍聴している女性ライターは、こうも観察している。

「デコルテがものすごく美しくてびっくりした」

こちらもびっくりした。私もこの記事を読んだ前日、胸開きの大きいワンピースを着ていったところ、

「ハヤシさん、デコルテが本当にキレイ。これからデコルテをもっと見せた方がいいですよ」

と美容ライターの人に言われたばかりなのである。

実は私、デコルテにはなみなみならぬ自信を持っていた。最初に指摘してくださったのは、誰あろう渡辺淳一《わたなべじゅんいち》先生である。女性に関して一流の鑑識眼をお持ちの方である。Vネックのニットを着ていったところ、

「ハヤシ君は胸の肌がキレイだね」

と誉めてくださったのである。そんなことを男の人に言われたのは初めてだったので、かなり恥ずかしく、嬉しかったのを憶えている。

渡辺先生というのはすごい方で、他の女性に対しても「美人だね」とか「キレイだね」などとありきたりなことをおっしゃらない。私の若い友人を紹介したところ、

「白目が透きとおって本当にキレイだ……」

とおっしゃったのである。私は言っちゃ悪いが、彼女はすごい美人であるが、やや三白眼っぽいところがあるかナアと思っていた。それがこの指摘で彼女は大喜びであった。つまり渡辺先生は、他の男の人が気づかないところや、あるいは本人が欠点だと思っているところを、美点として誉め讃えてくださるのだ。

話がまわり道をしてしまった。私も最近注意してみると、若い人でも中年でもデコルテが美しい人はあまりいない。赤いぶつぶつが出来ていたり、あるいは肌目《きめ》が荒かったりする。が、自分で言うのもナンであるが、中年過ぎてから私のデコルテ

は、脂肪が薄くのり、輝やくようになっている。胸元の開きが大きい服を着ると、自分でも困惑するぐらいエロい。

小説の中で私はデコルテの箇所を、

「女の他の肌の生地見本のようなもの」

と書いたことがある。ちょびっとの面積であまりにも饒舌だ。

「他の部分も見て見て。脱がしてみて」

とデコルテが語りかけているような気がする。

「どうしてそんなにデコルテがキレイなの?」

という質問をよく受けるが、私が言うことは二点。

「高い美容液を顔よりも熱心に塗り込む。そして昼間の陽ざしの強い時はいつも隠す。いくら暑いからといっても、真夏に衿ぐりを大きくしちゃダメ。デコルテは、夜、男の人に見せるためだけにあるの」

イブニングドレスは、若い人にはあまり似合わない。似合うのは脂肪がのって真白いデコルテの中年女だ。そう、デコルテは大切な大人の女の武器。キジカナは絶対にそれを知っていたに違いない。

# むだ毛と格闘しながら、女の夏物語は織られていく

芸能人の鼻の中というのは、どうしてあんなに綺麗なんだろう。いつも不思議で仕方なかった。

かなりローアングルから撮られても、美しい女優さんの鼻の穴には何もない。鼻毛一本生えていないのだ。が、ある時謎がとけた。皮膚科の脱毛案内を見ていたら、確かに「鼻の中」という項目があったからだ。ふーん、こんなところまで、脱毛は進んでいたのか。

私たち日本人が、海外へ行って驚くことのひとつに、女性の腋毛がまるで処理されない国があるということがある。ヨーロッパに案外多い。何年か前のこと、ドイツでライン川めぐりをした。その時若い現地の女性がガイドをつとめてくれていたのだが、彼女があちこち指差すと目のやり場に困る。ノースリーブのワンピースの腋から、髪と同じこげ茶色の毛がふさふさと生えていたからである。私がこの時の

ショックを俳句にした。

「古城指す少女の腋毛ライン夏」

が、こんなヘタな句では、あの絵画のようなシーンを表現することはかなわない。

いよいよ夏たけなわになった。今年の夏はちょっと嬉しい。なぜなら何年ぶりかにノースリーブが着られるようになったからである。私の二の腕の太さというのはすごいもので、白くぶよぶよしていた。横から見ると、決して細くはない私の上半身と同じくらいの幅なのだから、その太さたるや相当のものがあった。それを今年の春から、ダイエットと毎夜のダンベル体操とで、何とか見られるようにしたのである。もちろんふつうの人に比べると、かなりのボリュームであるが、秘書によると、

「ノースリーブでもそうみっともなくはない」

程度にはした。今まではノースリーブのワンピースを着た場合、カーディガンを羽織るというオバさんっぽい行為をしていたのであるが、それをやめた。不思議なことに、二の腕を出していくと、人の視線と日灼けとによって少しづつ引き締まっていくようなのである。

しかし問題は腋の下だ。毛はないことはないのであるが、黒ずんでいるうえに、

鳥の皮のようなブツブツが残る。これは四十五歳以上の女の宿命ではないだろうか。この時はまだレーザーによる脱毛はなく、私たちはニードル法で毛を抜いていたのである。ニードル法というのは、毛穴一本一本に電流をとおしていくやつだ。時間もお金もものすごくかかった。それよりもいちばんの欠点は、あとが黒ずんでしまうことであろう。脚はそうでもないのだが、腋の下のようなやわらかい皮膚だと、汚なく跡が残ってしまったのである。よって今のアイドル歌手のように高々と手を上げることなど出来ない。まあ、中年女性はそんな機会はないのだから、いいのだけど。

私は毛深いたちだったので、若い時にどれほど苦労したことであろう。

今でも思い出すつらい体験がある。明日、グアムに出発という支度中、薬屋（注・ドラッグストアではない）で買ってきた脱毛ワックスを使った。小さな鍋にワックスを入れて温め、それを脚に貼り一瞬置く。そしてまだやわらかいうちに、エイヤッと一気に剝がすのである。が、当時からいい加減な私は、ワックスを全部脚に塗ってから、ゆっくりと説明書を読み始めた。そして「やわらかいうちに」という文字を見て大あわてする。既にワックスは石膏《せっこう》のように固まってしまっているからだ。叩いても剝がそうとしてもぴくりともしない。仕方なく、ハサミの柄を使い、少しづつ割っていくのだが、あちこち血がにじんできた。あまりの痛さと自分のアホさ加減に涙が出てきた。

その頃、若かった私には、まあ、それなりのことがある。つき合い始めてデイトをし、突然そういうことになったりもする。心の準備はすぐに出来るが、すぐに出来ない体の準備。バスルームに入ると、脚にむだ毛がかなり目立つではないか。私はとっさに備えつけのカミソリで、じょりじょり剃り始めた。そして結果は無惨なものとなったのである……。

私がエステサロンに走り、

「この毛を何とかして」

と言ったのはその直後のことだ。そしてまるで賽《さい》の河原に石を積むような、ニードル脱毛が始まったのである。

今、中年となった私の脚は、毛が無くてツルツルしている。いつからこうなったかわからない。気がつくと毛が無くなっている。ラッキー！　と思いたいが、髪も薄くなっている。唇も薄くなっている。たっぷりとあったものは、手を加えなくても加齢によって少なくなる。カミソリでじょりじょりやったあの頃がいとおしい。

# 「強い美」の誘惑と、「穏やかな美」の歯痒さの間で揺れ続けた、四十代女性のこの十年

四十の壁は難なく越せるが、五十の壁はつらい。これは女の実感というものであろう。

日々濃くなっていく法令線、目尻の小皺、そして垂れてくる瞼、何よりも顔を老けさせていくのは頬の弛みだ。

だから女たちは日々頑張る。マッサージに顔の体操、リッチな化粧品。そして次に来るのは何といっても美容医療であろう。

ちゃんとした女性誌ではきちんと扱われないことが多いのであるが、私はこれからの美容の最大のテーマは、

「整形するかどうか」

ということにかかっていると思う。

プチ整形がどうのこうの、サマークールがどうした、ボトックスがどうの、とい

うゆるい問題ではない。メスを入れるかどうか、ということだ。

最近知ったことであるが、プラセンタやボトックスには限界がある。私はついこのあいだまで、目の下は二年に一回ほどプラセンタをうってもらえば、手術とは無縁でいられると思っていた。が、医師は言ったものだ。

「ハヤシさん、プラセンタを打ち続けると、やっぱり皮膚が変化しますよ。ひと目でわかるようになります。そのためには、早めに手術した方がいいですよ」

いきつくところそうなるようなのだ。

ある日、テレビを見ていたら、何回も美容整形を繰り返す女性が出てきた。それにひな壇の女優やタレントたちがあれこれ意見する。

「そこまでやることないのにィ」

「気持ちがわからない」

私は聖書の中の言葉をつぶやいていた。

「あなたたちの中で罪のない者だけが、この女を石でうちなさい」

だってほとんど女優さんやタレントさんは、程度の差こそあれ、顔を〝お直し〟しているはずである。

「どうして自分の顔を好きになれないんでしょうか」

と言いはなった女優の昔の顔を私は見たことがある。売れないモデル時代に撮った、ポスターを地方で見つけたのだ。彼女だと教えられるまでわからなかった。それほど現在の顔と違っているからだ。単に化粧がうまくなった、とか、痩せた、というのではない。目が三割増しの大きさになり、鼻の形がまるっきり細くなっている。

しかし画面を見ると、整形を繰り返している女の子が不自然で醜悪なのに比べ、彼女たちはとても自然で美しい。目鼻立ちを生かすシンプルな化粧も洗練されている。

「シロウトは整形のやめどきを知らないけど、プロはポイントだけをうまくやるからね」

と、知人のヘアメイクさんは言ったものだ。もともと綺麗な顔立ちの女の子の顔を、事務所の人や医師があれこれ考えて〝お直し〟して完璧に近づける。これは当然のことだ。女優さんやタレントさんが、テレビのアップにたえられるようにするのは、職責上絶対に必要なことであろう。が、こうして美しくなった女優さんやタレントさんも、次第に年とっていく。すると、今度はアンチエイジングのための〝お直し〟をする。この時初めて、彼女たちは私たちと同じスタートラインに立つのではないだろうか。つまり美醜に関係なく、老いというものに立ち向かっていかなくてはならないからだ。

そしてこの時、最初の〝お直し〟のように、慎重にポイントだけやる芸能人もいれば、徹底的にやってしまう芸能人もいる。

ある時、女性誌を開けてみて、しばらく見入ってしまった。初めてといっていいほど、とことん「美容医療」の特集をしていたのであるが、二人の女医さんが右ページと左ページをそれぞれ一ページずつ飾っていた。

右側の女医さんは、

「十五歳若返ることも、今の医療では可能です」

と言っている。そしてその顔はあきらかにメスを入れてリフティングアップしていた。目がかなり不自然に上がっている。そして左側の女医さんは、

「大切なことは自然な若さを保つこと」

と述べている。だから年とって垂れ目ぎみなのか、なんとも優しい表情だ。編集者はかなり意地悪なことをしていると私は思った。対照的な二人を並べて、

「あなたはどちらを選びますか」

と読者に問いかけているのに違いない。

今まで私の好みは、左側の穏やかでナチュラルな中年の顔である。が、よく見ると右側のアグレッシブな美しさもいいかもしれないと思うようになった。年齢に果敢に挑戦しようとする強い女の顔だ。これだけ顔を〝お直し〟したら、プロポーションやファッションにもかなり気をつかわなくてはならないだろう。よって若々しくおしゃれな中年美女になるはずである。

うーん、難しい問題だ。

日本はまだまだ顔にメスを入れることに抵抗がある。白人の女の人を見ていると、六十、七十歳で若い女性のように、ピンと顔が張っていることが多い。お金持ちのマダムたちは、

「顔にこんなにお金をかけて気を遣っていますが、何か……？」

と宣言しているようである。が、日本であれだけ大改造をしている人はめったに見ない。肌が薄いからであろうか。しかし私が思うに、今、日本の女は大きく意識が変わろうとしているのではないだろうか。四十代になった頃から、ボトックスやプラセンタになじんできた多くの女たちが、五十代の壁を目の前にして、あるいは越してから、もはやプチ整形では、この弛みを支えきれないことを知ってしまった。そして大問題が生じてくる。

「メスを入れるべきか、入れざるべきか」

私もリフティングに心を動かされることがある。忙しくてエステにはずっとご無沙汰しているが、それでも毎日マッサージをやり、いいと聞いた化粧品は試してみる。おかげで「若い」とか、「肌がキレイ」と人に言われることもある。が、顔を洗っている時にふと鏡を見ると、うつむいた私は頬も顎も完全に垂れていて、中年というよりも老婆である。こういう時私は、

「お医者さんに勧められたとおり、リフティングしちゃおうかなア」

と考えることがある。が、同時に、

「それって損なんじゃない」

と思うことがある。顔にメスを入れるんだったら、もっと若い時にしてもらえばよかった。ぽってりした鼻を細くし、顎を前に出してもらい、垂れ目を直してもらったら、私も〝まあまあ〟の部には入ったかもしれない。が、若い時には意地で(というよりお金がなく)、〝お直し〟しなかった。ここまでとことんつき合ってきた顔に、いきなりメスを入れるのも、なんか口惜しいなあという気分なのである。

そしてもうひとつ本音を言わせてもらうと、やはりリフティングした顔って、イマひとつなのだ。目が不自然に上がり過ぎる、みんな同じ顔に見える、という欠点

が目につく。あと五年待ってみようかナ、と私は考えている。そうしたら技術ももっと発達するはずである。今、リフティングした人の〝その後〟もわかるだろう。

「どうして自分の顔を好きになれないんでしょうか」

と言ったあの女優さんのように、美しく自然に変われたら、私はリフティング手術をする。絶対にすぐにする。これからの時代と自分の変わりようを私は見届けたい。

# 「手は女を語る」のではなく、「マッサージ力」が女を語る時代がきた

この原稿を書こうとしていたら、森光子《もりみつこ》さんの訃報が入った。本当に寂しい気分だ。対談で何度かおめにかかったこともあるし、森さんに頼まれ、お芝居のシノプシスを書いたこともある。「放浪記」の二千回の公演の時もちゃんと見た。時々は楽屋にもうかがった。八十を過ぎても、柔肌の美しい方であった。そして、手が小さくて綺麗なことにも驚いたことがあった。筋ばってもおらず、つるんとしていたのである。

ついこのあいだのこと、あるところで有名な女優さんを見た。中年を過ぎても美しい人だ。しかし腕から手にかけての無惨さに目を見張った。痩せて何本もの筋が通っている。「鳥ガラ」という表現がぴったりなのだ。しかしテレビの画面を通すと、ふつうに細く見えるから不思議である。

「白おばさん」「黒おばさん」のことを何度か書いてきた。中年になるとどちらか

に分かれることになる。私はもちろん「白おばさん」の道をたどってきた。色が白くてぽっちゃりしている、というよりもデブ。このあいだ雑誌を読んでたら、「デブと痩せ、どちらが得か」という特集が組まれていた。それによると、太った人がのんびりしているのは、医学的にも証明されているそうだ。脂肪に含まれているホルモンが人の神経に作用するらしい。

が、経済評論家の方が、

「アフリカかアジアの貧しい国に行かない限り、デブがモテることはない」

と、ばっさり斬っている。

デブの人は自己管理能力がないということで、先進国ではやはり憧れの対象にはならないのだ。そりゃそうでしょうと思う。が、デブにもいいところは幾つかある。それは手や足の末端が綺麗だということだ。

「黒おばさん」は、いってみれば美魔女の系譜であろう。みんなダイエットに励んで、素晴らしいプロポーションを手に入れている。が、あの女優さんもそうであるが、手がひからびてくるのである。私の友人の中にも「美魔女」は多いが、手がひどいことになっていてびっくりする。血管が醜く浮き出ているのだ。

とまあ……、人の欠点をあげつらった後、自分のことを言うのは気がひけるので

あるが、「白おばさん」の私は、手がぷくぷくしていて節も皺もシミもない。たいていの人が、

「ウソみたいにキレイ」

と言ってくれる、私の肉体上唯一誉められるところだ。

もちろん努力はしている。いつもハンドバッグの中にハンドクリームを入れ、気が向くとタクシーの中でも電車の中でもマッサージをするのだ。書く仕事をしている私は、親指の下のツボがこっているのであるが、ここを強く押すのでとても気持ちがよい。ちょっと疲れてくると、私の手が、

「早くもんで、早くもんで」

と訴えてくるほどだ。

その甲斐あって、私は「黒おばさん」たちのガリガリの手を見るたび、かなりいい気分になっていた。しかし私のささやかな優越感をぶっとばすような出来ごとが起こった。

「美ST」を読んでいたら何のことはない。手の甲にヒアルロン酸を入れる治療は、とうに始まっているのだ。こうすれば「黒おばさん」も、すべすべの「白おばさん」の手になるらしい。こうなってくると、毎日マッサージをしているのも空しく

なってくるかも……。

ところで私には時たまランチをする女友だちが何人かいる。おしゃれや美容について情報交換をする貴重な友人だ。そのうち一人は家庭の主婦なのであるが、いつも素敵なお洋服を着ている。が、このところお子さんの受験が続いたせいかお疲れで、法令線が垂れ気味であった。彼女もとても気になったらしく、

「ねえ、ハヤシさんのやってる造顔マッサージっていいの」

と聞いてきた。

「うーん、そういう質問されること自体どうなのかしらねぇ」

とちょっぴり皮肉を言う私。こちらの顔を見て、いいと思えばそんなことは聞かないはずだし……。しかし彼女は、本を買ってせっせとマッサージに励んだようだ。つい最近会ったら、法令線がすっかり薄くなっていたではないか。やはりマッサージの力は偉大なのだ。思いを込めて、手のひらに気を送る。そして「上がれ、上がれ」と心の中でつぶやきながら、ぐっぐっと動かしていくのである。手をマッサージするのも同じ。ヒアルロン酸もいいかもしれないが、やはり自分の力でもんでいこう。しかしそれにしても、お腹のマッサージはなぜ効かないのか。ここをすっきりさせ、「白」と「黒」との中間おばさんが私の理想である。

## そうか！　四十代にとっては、「美のメンテナンス」それ自体がもうひとつの美なのだ

三年ぶりにヒアルロン酸を入れた。

前回これを口角に注入したのであるが、しばらくぷくっと膨れたままであった。

「ハヤシさん、かなり目立ちますよ。いかにもプチ整形したって感じ」

と秘書に言われ、すっかり嫌な気分になってしまった。思わず怒鳴る。

「なに、そのプチ整形って言い方。今どきヒアルロン酸ぐらい、みんなやってるのよ。ちょっとした注射ぐらいで、どうして整形なのよ。それよりさ、世の中には原型全くとどめてない芸能人、いっぱいいるじゃない。あれとヒアルロン酸ぐらい、どうってことないじゃないのォ」

私はこの話を、昔から仲のいい男性編集者にした。

「全くさ、ヒアルロン酸ぐらいナンなのよ、中年になったらみんなしてるじゃん。それよりさ、私、つくづく思うね、二十代の時にさ、顔をちゃんとお直ししとけば

よかったのにって。そうすればデビューしてからいろいろ言われることはなかったのにさ」

そうしたらその男性編集者いわく、

「だけどさ、あの頃は技術が発達してないから、今かなり悲惨なことになってるよ」

むっとしたが確かにそのとおりかもしれない。初老に近づいた女優さんで、テレビで見ていても「あちゃーっ」という人は何人かいる。かなり怖い顔になっている。しかし今の中年から下の女優さんたちは、とてもナチュラルで綺麗だ。もともと美人の人たちが、専門家と相談しながら、少しづつ上手にやっているに違いない。だからアップに耐えられる完璧な美しさになる。だからどうなのよ、と自分で自分につっ込む私。そんなにあの人たちが羨しいなら、今からでも遅くはない。自分でもお直しすりゃいいではないか。今なら技術が発達しているから、すごおくうまくやってくれるかもよ。

が、と別の私が言う。

「女性の美しさについて、いろいろ書いてきたり言っていた私が、今さら整形なんてプライドにかけて出来ないわよ」

それにこの頃、女同士の話題で、整形の話はすごく多い。昨日もランチをとりながら、大の韓国ファンの友人が、ソウルの整形事情について喋べり、そして芸能人の誰がしている、してない、という話になった。そういう時に整形をしていたら、正直な私はそっと黙りこくってしまうと思うのである。

だがヒアルロン酸のことは正直に言う。

「今回は法令線に入れたのよ」

みんなへえーっと言い、

「今度私もしてみようかなァ」

という。あたりさわりのない反応になった。

しかしその時、友人は言う。

「『ヒアルロン酸もよし悪《あ》し』あるよね。皺を伸ばそうとやたら打つとさ、顔がやたら大きくなるのよ。ほら、歌手の○○○○とかもそうだよ」

本当にそうかもしれない。私はついこのあいだ彼女のコンサートを見に行き、

「彼女も年をとったかなァ。ちょっとデカ顔になったなぁ」

と思ったばかりなのである。

やはり年に抗うということはリスクも大きいかもしれない。ここんとこダイエッ

トをしても「高値安定」が続いて、若い時のように劇的に痩せることはなくなった。体型はどんどんそれっぽくなり、カラーリングをしても白髪は増えるばかり。

「日暮れて道遠し」

とはよく言ったものである。中年期になると、努力しても努力しても、美の目標は遠ざかるばかり。それなのにどんどん年をとっていく。努力する時間とお金は「向上」ではなく、「メンテナンス」に向けられていく。進化ではなく、メンテのための美容やおしゃれは空しいものではなかろうか……。

ところでつい先日、一人でオペラを見に行った。そこで、昔からお世話になっている某出版社の受付の女性と会ったのである。

「ハヤシさんって、いつも綺麗にしていて本当に嬉しい」

PRADAのワンピースを着ていた私に彼女は言った。

「ハヤシさんがうちの会社にくると、パーっと明るくなります。おしゃれしていて髪も綺麗、靴もヒールで素敵。年をとってくると、女の人ってみんな構わなくなるでしょ。だけどハヤシさんは、いつも手入れがいきとどいてるから、私たちいつもいいなァって噂してるんですよ」

誉められて本当に嬉しかった。そして私は気づいた。中年は結果じゃないんだ。

その〝行程〟が賞賛されるべきなんだ。その先にたどりつかなくても、試行錯誤しながら歩いている。それ自体、もうひとつの美しさなんだと。

# 倍賞美津子さんがなぜカッコいいのか。顔を〝お直し〟しない正直さだけが理由ではないことに気づくべきだと思う

私も例にもれず「半沢直樹」の大ファンであった。社会現象になるというのはこういうことかとつくづく思った。どんな時でも、どんなところでも必ず話題になるのである。

男の人には、彼の奥さんのハナちゃんが大人気であったが、私はどうも好きになれなかった。上戸彩《うえとあや》ちゃん扮する、明るく愛らしい妻。夫を助け、自分のキャリアは二の次にする。そしていつもおいしい手料理をこさえて夫を待っている……。あれは男の人の願望でありファンタジーだろう。帰りの遅い夫をなじったりすることもなく、

「コラ、がんばるんだぞー」

と唇をとがらせて励ます彼女に、ちょっと釈然としない女たちは多かったはずだ。

「上戸彩ちゃんは好きだけど、あれだとあんまり可愛い妻やりすぎだよ」

と私の友人たちは言う。

「ほら、何年か前にさ、安田成美《やすだなるみ》がCMで、『私って薔薇《ばら》って字が書けるんだよ』っていう妻をやってたよね。あれと同じような違和感があるよな。無邪気に夫に甘える妻ってさ」

中年の女たちが集まってあれこれ言っていたのであるが、一致したのが会社専務を演じた倍賞《ばいしょう》美津子《みつこ》さんのカッコよさであった。かなりの皺があるが、平気で顔をカメラにさらすいさぎよさに、女性週刊誌も記事にしていたほどだ。

あれがふつうの六十代の女性の顔であろう。ツルツル皺なしの方がおかしいのだ。

「女優さんなんだから、ちょっとヒアルロン酸を注射した方がいいのでは……」

と私などは最初思っていたのであるが、見慣れるとやはり素敵、と思ってしまう。

倍賞さんは昔から、日本人ばなれした肢体と華やかな美貌で人気の方であった。そして卓越した演技力もお持ちで、映画のスクリーンが似合う人である。ずうっと以前対談させていただいたことがあるが、イメージどおりの率直で頭のいい方であった。ああいう性格の方だと、やはり顔をいじることに抵抗があるのであろう。無理なことはなさらず、自然にまかせているといった風に見えた。それが多くの女性に驚きを与えたようだ。

「皺があったって、法令線があったって美人は美人なのよね」
「皺が、弛みが、って騒ぐ自分が愚かに見えたわ」
と友人たちは言う。が、大切なことを見逃している。倍賞さんがなぜカッコよく、女たちを魅了したかをだ。それは顔を〝お直し〟していない正直さゆえではない。それだけではただのおばさんだ。ドラマの中で倍賞さんはバツグンのプロポーションを持ち、高いヒールをはいている。そしてローレン・バコール風のウェイブの入った髪はたっぷりと波うっている。これだけのものが揃ってこその美しさなのである。

それに反して、時々顔だけがヘンに若い人を見かけることがある。一代で成功した女社長さんとかがテレビに出てくる。全体的に丸っこくなっていて、背も丸い。それなのに顔だけがピカピカしているのだ。ああいうのはちょっとみっともないかもしれない。

どこに重点をおくかということは大切なことである。顔だけいじって若くしても、全体の印象が老けていれば、それだけでおばさんなのである。

倍賞さんは確かSKDの出身だったと聞く。お若い時からの鍛え方が違うのだ。同じような美女に前田美波里《まえだびばり》さんがいる。現役で踊るこの方も体全体がはつらつとしていて、本当に美しい。

「やはり体型をきちんとしなくては」

というわけでまたジムに通い出したが、この手の三日坊主をもう何回繰り返したであろう。一人だと続ける自信がないので、やはり体型に悩む隣りの奥さんを誘うことにした。いちばん近い駅前のジムに入会し、こんな約束をした。

①行き帰り、お茶や食事はしない。さっと来てさっと帰ること。

②無理して相手に合わせない。一人でもやる。

③成果を披露し合う。

ジムに入るとまず洗礼を受ける。それは今の自分のカラダがいかに醜いか、まざまざと向き合うことになる。いたるところにある鏡に映るのは、デブのおばちゃんで、ウエアから出ている手足の太いことといったらない。顔をそむけようとしても、いたるところに鏡がある。まさにガマの油状態。が、いつかは倍賞さんみたいに、ヒールでさっそうと歩くことを夢みてマシーンに乗る私である。

# 新しい化粧品、新種のダイエット……男が何と言おうと、女は「美の冒険」に挑む限り、幸せなのだ

このところ、毎日鏡を見るのがとても楽しい。

といっても、日に日に私の肌はダメージを受けているかのようである。皮膚は赤くなり、肌目《きめ》が粗《あら》くなった。シミや皺もはっきりと目立つようになっている。本当なら悲観してもいいのであるが、私には大きな楽しみが待っているのだ。それは二週間後、私の肌がどう変わるかということである。

結論が出ないから名前は言えないのであるが、ある人から某化粧品を教えられた。それは自然のものだけを使い、本来の肌の持っている力を呼び戻すものだという。いっさい市販されていないし通販もない。サロンだけで売られていて、しかもきちんと指導をしたうえで渡す、というのも秘密めいていていいではないか。

というものも、この化粧品はクリームというアイテムがなく、非常にもの足りない感じがする。一日中肌がかさついた感じで、暖房のきいた部屋ではつっぱってく

るほどだ。しかも使って三日ほどで、肌は赤くなり「これはちょっと……」という状態になっていくのである。

私も心配になってサロンの人に電話で相談したら、

「それは肌がものすごくいい反応をしている、ということですよ」

と教えられた。もう少しすると、白いアカのようなものがぽろぽろ落ちてくる。そしてその下から綺麗な生まれ替わった素肌が出てくる、というのだ。

こういうことを聞いて、やってみない女がいるだろうか。私はやる。絶対にやる。こういう新しい美容法というのは、あたるも八卦《はっけ》、あたらぬも八卦である。しかしこういう新しいことをするのは、とても楽しい。そう、これは女の冒険である。

私はふだんは、海外ブランドの比較的高価な化粧品をつけている。値段が高いので免税品店で買ったものも多い。

化粧品、化粧液、栄養クリームをたっぷりつけながら、どうもこの頃心が充たされていないなあと感じていた。高いものを習慣で機械的に、何の感動もなくつけているのである。

女ならば誰でもわかってくれると思うが、化粧品からもらうときめきというのはすごいものがある。以前、女性誌の編集者から、

「メーカーからのもらいものですが、使ってください」

と五万円のクリームをもらったことがある。あの時は興奮した。毎日、つけるたびに胸がドキドキして、本当に綺麗になるような気がしたものだ。が、このところはその下のランクのクリームを自分で買い、何ひとつ考えることなしにつけている。これって肌にとって本当はどうなのであろうか。

このところ私のまわりで大流行しているのは、「洗いっぱなし」美容法である。ある高名な皮膚科の先生が提唱しているものだ。化粧水やクリームをなすりつけているから、肌はどんどん怠けものになり、本来の機能をなさないというものである。私のヘアメイクをしてくれているA子さんが、さっそくこれを実践し、固型石鹸で洗うだけにしたら、肌がみるみる透きとおっていったという。

仲よしの主婦B子さん（五十歳）につい先日会ったら、肌がピカピカ光っているではないか。

「マリコさんもやってみたら。すっごくラクよ」

と勧められたけれどもそんな勇気はない。実は十年前、私もこのお医者さんのところへ行き、しばらく「洗いっぱなし」美容法をやってみたのだ。が、とても長く続けることは出来なかった。写真を撮っても、私だけが顔が黒く見える。この美容法はファンデーションを塗れないのである。気がつくと、ただの身のまわりに構わないおばちゃんになっていた。

「考えてみると、クリームも塗らない、化粧もしない、ずぼらの女はすごくいる。そういう人たちの肌が綺麗かっていうと、絶対にそんなことはないし」

と自分で勝手な理屈をつけてやめてしまったのである。そして今回、再び素肌の力を信じる美容法に挑戦しているのだ。

考えてみると、私たちはいつも何か冒険をしている。ダイエットはその最たるものであろう。カロリー計算から始まり、油抜きが大流行したこともあるが、パイナップルをみんなが食べていた時もある。そして今は糖質カットにみんな励んでいる。

「どうしていつもダイエットして、いつもリバウンドするの。どうしていつも同じことばっか」

と夫は言う。男にとって心底わからないらしい。このチャレンジ心が、女に生きる活力を与えているのは、おそらく理解してもらえないだろう。挑む限り、私たちは幸せでいられる。

# Love

美しい肌と
カラダを保つ努力が
「夫ではない、他の男性」
のためだとしたら

# 美しい肌とカラダを保つ努力が「夫ではない、他の男性」のためだとしたら人生はもっともっと楽しくなる!?

何ケ月か前のこと、「ＳＴＯＲＹ」の新聞広告に、「もう一度恋をしよう」というタイトルの特集が出ていた。

「へえー、女性誌でもこんなススんだことをするんだ」

と驚いたのもつかの間、実際に雑誌を手にとってよーく見たら、なんと、

「夫ともう一度恋をしよう」

ということだったのだ。子どもを置いて、二人で街に出よう。恋人時代のレストランやバーへ行こう。そのためのお洋服の特集だったのである。なーんだと思ったのは私だけであろうか。しかし、このへんが女性誌の限界というものであろう。

「子どもの手も離れて、四十代になったけど、まだまだ若く綺麗なあなた。その気になればいくらでもモテるはず。そお、もう一度恋をしませんか」

などということを記事にしたら、やはりまずいに違いない。しかし、こっちの方

にしてもいいではないかと、私など思ってしまうのである。

この先は、真面目な読者は読んでもらわなくても構わないのであるが、

「もう一度、夫に恋をしよう」

なんて、本気に思いますか？　もしそうなら、その女性はなんと幸せなのだろうか。結婚二十年たっても、そのご主人は素敵なままで、奥さんもやさしい心をお持ちなのだろう。が、世の中で、そんなカップル私はあまり見たことがない。

四十代の男性でカッコいい人はたいてい浮気してるし、浮気していない人は、ハゲてるかメタボである。そして世の中から、「おしゃれで綺麗な奥さん」と言われる人は他の男の人から見ても魅力があるらしく、まあ、かなりの確率で浮気をしていますね、浮気というと、ちょっと汚ないイメージになるから言い直すと、まあ、恋をしている人が多い。そお、このあいだのタイトルどおりズバリ、

「もう一度恋をしよう」

なのである。

恋はするものではなく、落ちるものだ、という言葉はある。

「そんなもん、私とは関係ない。私はマジメだし、だいいちそんなチャンスないもん」

などと言っている人も、落ちる時は落ちる。人妻の恋はいけないことだ。道徳的に許されることではない。しかし落ちる時は落ちるから困るのである。

しかし初期段階であれば、まだ引き返すことが出来るはずだ。私はぜひ次のことに注意していただきたいと思う。

四十代の人妻の相手として、絶対にお勧め出来ないのは、年下の男である。こういう人たちは本当に始末に困る。最初の頃は、若いひたむきさでぐいぐいとくるのであるが、誠実さというものに欠けるので、きちんと女を愛し抜くことが出来ない。すぐ飽きる。恋愛に「飽きる」というのはつきものであるが、若い男の場合は、女に劣等感というイヤなものを残すから困るのだ。私は今、源氏物語を私なりにストーリーにする仕事をしているのであるが、源氏と六条御息所の恋がこれにあたるであろう。誇り高い年上の女は、自己嫌悪と劣等感というものを持て余し、いつしか生霊となっていくのだ。

「若い男から見れば、自分のカラダは、やはりがっかりするものではなかったか」

という疑問は、ずっと女の心に暗く、巣《す》くっていくものである。ホントに若い男はやめた方がいい。もしあちらが本気になったらなったで、フラれるよりもっと困ることが起きる。なにも捨てるもののない男の怖さというのは、ストーカーにも暴

露する人間にもなるのだから。（注・芸能界を見よ）

そして次にしてはいけないのは、夫の交遊関係や、学校関係から相手を選ぶことだ。いちばん手近なところでそういうことをするのは、マナーに反すると共に、すぐ噂になる、ということを知っておいた方がいい。

「知らぬは本人たちばかり」

という例を私はよく知っている。半径百メートルの世界から恋人を見つけるのは、若い独身の人なら許されることであるが、絶対に人妻はしてはいけない。

そう、人妻にとっていちばんいい相手は、違う世界の年頃が同じの、家庭も社会的地位もあるつまり「W不倫」というやつ。これなら五分と五分の関係を保てるはずだ。願わくば、かなり金銭的に余裕のある人がいい。恋愛にワリカンは悲しいし、危険な恋というリスクを持つからには、やはりそれなりの豪華な舞台装置が必要であろう。恋愛初期の頃に、そういう関係を持ったら仕方ないが、あとは若い人たちのようにガツガツしない。しなくても、ずうっと大人の緊張関係と華やぎが保てるような関係を、かなり長く、密やかに続ける、これぞ四十代の人妻の恋の醍醐味ではなかろうか。努力によって美しい肌とプロポーションを持つことが出来る女性のなんと多いこと。それは自分のため、と言い切る人は立派であるが、「夫ではない、他の男性」のためだとしたら、人生は五倍ぐらい楽しくなるはず。悪いことではあるが、本当にそうだから仕方ない。

# 人生に物語が欲しい時、女は自分で〝レフ板〟を持つ

この「STORY」の姉妹誌「美STORY」（美ST）というのがある。最近とても売れている雑誌だそうだ。そして別の出版社から出ている、「クロワッサンプレミアム」（休刊）という雑誌がある。こちらは五十歳の女性が対象という。

これらの雑誌には、当然のことながら若々しく美しい女性がいっぱい出てくる。ファッションセンスも抜群だ。しかしページをめくるうちに、私は奇妙な思いにとらわれる。

「みんな肌がキレイ過ぎる！」

私もよくカメラマンに撮られるからわかるのだが、中年の女性の顔を撮影する時は、レフ板を駆使するのがふつうだ。光をいっぱい顔に反射させ、シワやタルみを消す。つまり「とばす」っていうやつ。最近はこれにパソコンをかけるから、五十代だろうと六十代だろうと、肌は白くてツヤツヤ、毛穴ひとつ見えない。

例えば駅貼りの大きなポスターのモデルさんの顔は、まるで陶器のようだ。皮膚感がなくつるっとしている。あれはまあ広告だからわかるとしても、

「年をとることはこわくない」

「シワのひとつも私の歴史」

なんていうキャプションがとびかう女性誌が、こんな風に女性の顔を撮るのはいかがなものだろうか。

この私とて写真はキレイに撮ってもらいたい。新聞社系のカメラマンには、よく文句をつける。なぜかというと、新聞社系のカメラマンは、人間の顔をドキュメントとしてとらえようとするからだ。キレイに撮ってあげよう、なんていう気持ちはまるでない。それどころか、顔がゆがんでいたり、ものを言いかけてるアホな顔をセレクトするのだ。

これについて、私はどれほど腹を立てたことか。私は長年、新聞社が出している週刊誌の対談ホステスをしているのだが、ここの写真がひどいの何の。私は何度も頭にきた。そのたびに秘書のハタケヤマに、

「ハヤシさん、こんなモノクロの小さい写真、誰も見ませんから」

とおかしな慰められ方をしているのだ。

話はそれたが、とにかく写真にうるさい私でも、ちょっと顔が赤くなるような写真が、中年女性向けの雑誌にはのっているのである。

あれを見るたびに、美しい年のとり方なんてもんがあるわけはない、女は絶対に年なんかとりたくないだけなのだということが、よーくわかる。

年をとるとイヤなことばっかり起こる。フェイスラインはたるんでぼやけてくる。顔には深い皺が刻まれ、白髪も増えていく。頬も垂るみ、おっぱいも垂れる。そして目はかすんでくる。

こういうことは、ひっくるめて言うと、もう男性からは対象として見られていないということだ。これは悲しい。私みたいにモテた記憶がない女でも、全くモテなくなるのはつらいことだ。

女は物語が大好きであるが、たいていの中年の女には起こらなくなってくる。年下の素敵な青年から、愛を打ち明けられる、などというストーリーは、もはや百パーセント起こらないといっていい。しかし女は物語を欲しい。だからどうするかというと「温故知新」。古きを知って新しきを知る。そう、昔の男ファイルをめくるのだ。

私はちゃんと見なかったのであるが、ドラマ「同窓会」が、大変な人気を博したらしい。同級生とまたヨリを戻す、という内容で、これならふつうの女でも起こり得ることであろう。相手は昔の自分を知っているから、その分点が甘くなるはずだ。「おもかげ」というやつが、女たちに味方してくれる。

恋というのをしたっていい。かつての同級生と不倫にはまる、というのはそう悪くないはずだ。そこいらの出会い系サイトと違って、身元は保証されている。学生時代の誠実さも保っていそう。

しかしむずかしいのは、中年の同級生フリンは、終わり方がわからないことだ。ハードルが低かった分、止まり方がわからない、といってもいい。

中年になってからの恋愛は、男も女もイジ卑しくする。もうこれを逃すと、あとがないと思ってしまう。そうしているうちに、肉体の衰えが劣等感となり、猜疑心《さいぎしん》を生んでいくのである。

そういう時、女は自分でレフ板を持たなくてはならない。うんと若く肌のアラをとばしてくれるものを必死で探す。

かなりみっともない。みっともないが恋はせずにはいられないもの。フリンは誉められたことではないが、したがってる人を止めることは出来ない。あの二つの雑誌をめくれば、誰だってそう思う。

## 未だに他人へのアプローチをさわやかにやってのける、冨田さんはなんと貴重な四十代か!

男と女のことに関しては、「何でもアリ」と、達観の境地に達している私。だからたいていのことには驚かなくなっているのであるが、今回の萩原健一《はぎわらけんいち》さんと、冨《とみ》田《た》リカさんのカップルについては驚いた。

なぜなら、私があの時〝現場近く〟にいたからである。

対談で初めて萩原健一さんにお会いする少し前、事務所から電話がかかってきた。それは暮れに行なう萩原さんのショーに、ゲストとして、トーク部分に出演してほしいというもの。

まだご本人にお会いしたことがないからと私はかなりためらったのであるが、断わるのもナンだしとついお引受けすることにした。正直言って、こうした芸能界っぽい仕事は、とまどうことが多い。しきたりや常識がまるでわからないからだ。会場の劇場に二時間前に入ってください、ということであるが、マネージャーとか付き人とかいう人がいない私は、一人で楽屋にいることになる。かなり退屈だ。

その時ドアがノックされ、一人の長身の女性が入ってきた。

「私、冨田リカと申しますが、ちょっとよろしいですか」

このトークショーの名古屋公演に、やはりゲストとして出演するので見学にいらしたというのだ。エラそうに聞こえるかもしれないが、この時の冨田さんの感じが実によかった。

冨田さんはいわゆるメジャーな有名人ではない。カリスマとは言われるが、女性誌を中心とした、知る人ぞ知る存在といっていいだろう。こういった方の中には、もの凄い勘違いをしている人たちがいる。初対面の私にいきなりタメ口をきいたり、あるいはヘンに卑屈になる。

が、冨田さんは節度を保ちながらも親密な雰囲気を伝えようとしてきた。率直で聡明な女性でなければ出来ない、かなり高等テクだ。その結果、私はいっぺんに彼女に好意を抱いたのである。

女性というのは、鋭く同性を見抜く。冨田さんが人気があるのもなるほどなあと思ったものだ。

私は時間をもて余していたこともあり、彼女をひきとめ、かなり長いことお喋べりをした。とても楽しかった。冨田さんは言ったものだ。

「私はずっと前から、ショーケンの大ファンだったので、今度のお仕事、うれしくってたまらないんですよ」

この原稿が出る頃に、二人の恋の行方はどうなっているかわからない。が、私はあの時の冨田さんを思い出すたびに、ふーむとうなる。

きっと彼女は、私の楽屋のドアをノックするように、ショーケンの扉を叩いたに違いない。そこに図々しさや、イヤらしい計算はない。

「あなたにとても興味を持っていて、一度お会いしたかったんです」

とまっすぐに伝えられる女性は、大層カッコいい。それは美しさによる自信もあるだろうけれども、やはり本人の性格によるものが大きいだろう。中年になってから、他人へのアプローチをさわやかにやってのけられる人というのは貴重だ。

ショーケンが、いっぺんに冨田さんに惹《ひ》かれたのもわかるような気がする。

「昔から大ファンだったんです。おめにかかれて本当にうれしくてたまらない」

という言葉を彼に吐く人は多かったろうが、たいていおばさんであったろう。しかし冨田さんはまだみずみずしい魅力をはなつ女性なのだ。それに加えて、若い女性にはない知性や気配りもお持ちだったのだろう。

うーん、本当にいい話だ。

が、気がかりなことがひとつある。ここからは芸能界ネタになってしまいそうなのだが、私が出させていただいたショーケンのショー、いくつかおかしなことがあった。

自分の出番が終わりステージを降りても、楽屋中ひとっ子ひとりいないのだ。送り出してくれる人もおらず、私はしばらく待ってその場を去った。が、事務所からは次の日も、それからずっと何の連絡もなかった。

今年の春、プッチのコレクションに出かけたら、隣りに冨田さんが座っていらして、私たちは再会を喜び合った。

「冨田さん、あのトークショー、どうだった？　あそこの事務所、ヘンじゃなかった？　なんか全体的にヘンだったよね⁉」

すると、

「ええ、そんな……私は別に……」

と非常に困惑した表情になった。そうか、あの時もうそういうことだったのか。

とりあえずおめでとうございます。

# 「肉のつけめが、縁の切れ目」にならぬよう、今日からまたダイエットが始まった

最近あるスターの方と会食したと思っていただきたい。

その方の名を言えないのが残念であるが、中年になっても若々しい容姿を持ち、未だに人気がすごい。彼は毎日ジムに行き、二時間から三時間のトレーニングを欠かさないそうだ。食べるものにすごく気をつけ、その夜もお酒を口にしなかった。

私と友人は感嘆のため息をつく。彼女も私と同じような体型で、お酒と食べることが大好き。その夜もワインでかなり酔っぱらっていたはずだ。

「私たち、モチベーションが低いもん」

彼女が口をとがらせた。

「だってさー、今さらカラダを誰に見せるわけじゃないもん」

その時彼は、若い時と全く変わらない美しい目で、じーっとこちらを見つめてこう言ったのだ。

「だけど、ブヨブヨした体になって、いちばん辛くて悲しいのは自分でしょ」

この言葉にガーンとうちのめされる私。帰る時、彼はいつものように、私たち一人ひとりをハグしてくれたのであるが、それもすごく悲しかった。なぜなら、私のお腹のでっぱりが、二人の間を埋めているのがわかったからである。

もし彼が本当の恋人で、こんな風に抱かれているとして、こんなお腹だったらと思うとぞっとするような思いになった。

そして次の日から、私の何十回めのダイエットが始まったのである。私のエッセイを読んでいる人ならご存知だと思うが、おととしのこと、私は十数キロ痩せた。それはまさに「劇的」というほどの早さであった。毎週二キロは確実に体重が減り、あれよあれよという間に理想体重に近づいたのである。どうしてそんなに痩せたかというと、肥満専門のクリニックに通い、サプリメントを買っていたのだ。そのサプリメントは、今思うと(思わなくても)食欲抑制剤であった。少しものを食べたいと思わないのである。そしてある日一本の電話がかかってきた。知り合いの週刊誌の記者からで、そのクリニックが大変なことになっているという。なんでも死人が出て裁判沙汰になったんだと。今でも真偽のほどはよくわからない。しかし私はそれきりクリニックに行くのをやめてしまった。そうしてリバウンドは、あっという間にやってきた。まさに「劇的」という言葉がぴったりするほどの早さで、私は元の体重に戻ったのである……。

そんなダイエットの歴史をくどくど語っても始まらない。ここで私は、肥満と不倫の関係について考えてみたいのである。

私のまわりで、旦那以外の男性とつき合っている人は何人もいる。それがみんな美人で若いかというとそんなこともない。中には、

「あんなおばさんがどうして」

と驚くことも多いのだ。

が、よく話を聞いてみると、昨日今日に始まった仲ではないらしい。まあ、三十代の時から始まり、四十代の今日に至っているという知り合いがいる。

昨年のチリ炭鉱救出劇を憶えているだろうか。あの時愛人が出てきた炭鉱夫がいて話題になったものだ。

「彼が救出された時、奥さんと愛人、どちらがその場にいるんだろうか」

とテレビのワイドショーでも盛んに論議されたが、地中から出てきた彼を抱きしめたのは愛人の方であった。そしてその愛人が、でっぷり太ったおばさんだったことに皆は驚いたものだ。

しかし私はこう書いた記憶がある。

「おばさんが愛人になったのではない。愛人がおばさんになったのである」

私が想像するに、みんな不倫を始めた頃は、スレンダーで魅力的な女性だったはずである。何人かはそのままの体型を維持しているかもしれないが、何人かはやはり肉がついているはずだ。

「中年の女性の、ぽっちゃりしたお肉のつき方が大好き」

という男性もたまにはいるが、それは少数派というものだ。日本のほとんどの男性は若いぜい肉のない体を求めるはずである。

そう、私が長らく不倫をしている人たちに聞きたいのは、

「肉のつけめが、縁の切れ目」

ということはないのだろうか、ということである。

知り合いに何人か取材したところ、不倫相手とは、

「何となく別れた」

とみんな口を揃えて言う。旦那に知られそうになったから、子どもが思春期を迎えたから、どちらともなく、

「もう会わない方がいいんじゃないか」

ということになったというのである。肉が原因という人は一人もいなかった。あたり前かもしれない。不倫という人生で最も甘やかで美しい恋愛を、そんなもので汚したくないもの。

ところでハグしてくれたスターが、タクシーで帰るのを見送った後、私はしみじみと言った。

「あぁ、私が若くて美人でスリムだったら、あの人に愛されたい……」

そうしたら友人がせせら笑った。

「ハードルが三つってことは、全くの別人にならなきゃってことよね」

確かにそのとおりです。

# 〝女〟を降りる時にふと思う。四十代はやっぱりキレイの盛りだったと

先日、ふとあることに気づいた。

「そういえば、この頃、生理が来ないな……」

そうか、閉経したんだわとひとり頷いた。私は今、五十七歳だから随分頑張ってくれた方であろう。日本女性の平均閉経は五十一歳だと言う。今のところ、これといった更年期障害もない。怒りやすくすぐ苛立つことが多くなったが、これはたぶん更年期というよりも忙し過ぎるせいであろう。

夜の改札口で、しくしく泣いている女の子を、男の子が一生懸命何かかきくどいている。横をすれ違いながら、

「おー、やってる、やってる」

と微笑ましく通り過ぎる私。もう私には、あのような日々は二度とやってこないのねと思う。が、仕方ない。当然だよなーと思う気持ちの方が強い。

こんな風に静かに〝女〟を降りられる日が来て本当によかった。

私は作家のくせに、女の賞味期限が過ぎたことを、つらく悲しく思う気持ちが希薄なようである。こういうことは小説の大切なテーマであるから、もちろん書く。しかし何といおうか、作家という身を離れると、「まあ、誰だって年とるんだもん仕方ないじゃん」

という気持ちの方が先に立つのである。

話は変わるようであるが、作家というのはたいてい両性具有である。男と女の目をどちらも持っている。女の深く暗い情念を書く作家も、仕事を離れるとカラッとした男性的な性格の人が多い。

しかし中には、本当に百パーセント〝女〟という人もいて、閉経を迎えると本当に恐怖に陥ってしまうようなのである。そしてあれこれ悪あがきして、そのてんまつを小説やエッセイに書く。これはこれで立派であるが、かなりしんどいことだろうなあと、心配してしまう。

ある人気女性漫画家の方が、離婚の原因を書いていて、

「もう恋愛話が、思い出として書けなくなったから」

だそうだ。これにはびっくりした。この方は私より年上で、当時五十歳近かった

からである。聞いた話によると、この方は離婚してすぐに若い恋人が出来、とても楽しくやっているそうだ。これがふつうの奥さんだったら私は祝福したかもしれないが、同じ創作者として心配になってしまう。

「思い出で作品が書けないとしたら、六十になったらどうするの？　七十になったらどうするの？」

最近、高年齢者のセックスが話題になっている。週刊誌の見出しにも「六十歳からの愛し方」などという文字が躍る。

が、私はこうつぶやく。

「年とったら仕方ないじゃん。無理やりしなくっても……」

女に固執するということは、女に縛られるということだ。女であることに縛られていくと、いつか男に縛られていく。男に縛られるのは若い時はよかったかもしれないが、年とったらやめた方がいい。夫に縛られるのはある程度仕方ないとして、年とったら近づいてくる男のレベルがぐっと低くなるからである。

私がもし今、あれこれ言ってくる男が出てきたら、お金が目的だろうとまず疑う。そういうのにぐちゃぐちゃ縛られるには、私は理が勝ちすぎている。ふだんの生活では、理とはまるで無縁の生活をおくっている私であるが、男性のことになるとなぜか理智的になってしまうのである。

私には若い男友だちが何人かいるが、彼らが私にそういう気持ちはまるで持っていないだろうなあとわかる。私も特にない。だからすごく仲よく出来る。そんな時、かすかに〝やったね〟と思う。自分に対しだ。だらしなくいいかげんな私にしては、かなりうまく〝女〟を降りられたね。

このあいだ同い齢《どし》の仲のいい女友だちと話していた。

「最後の恋をしたのが、四十代のはじめだったけど、あの時、なんであんなにびくびくしてたんだろう。どうしてあんなに負いめに思ってたんだろう。今考えると、四十代のはじめなんか、肌もカラダもぴっかぴかじゃない。相手の男に対して、申しわけないなんて、これっぽっちも思うことはなかったのにさー」

「本当だよね。今思うと、四十代ってキレイの盛りだよね。あの時、もう若くない自分に焦っていろんなことを考えたり、悩んだりしたけど、あれってまがいものの悩みっていう感じがするな。本当の女の終わりって、あんなもんじゃなかったんだよね」

私はかねてから「STORY」の読者に、ものすごく悩んだり、焦ったりするなら、まあそこそこに「後ろめたいこと」をしなさい、と勧めている。そういうことをしてこそ、五十代になるとゆっくり静かに〝女〟を降りられると私は思うのであるが。

## 「焼けぼっくい」がまだ灰になっていないか、確かめる楽しみ

この原稿を書いている今、街はクリスマスのデコレーションに飾られ始めている。もうじきクリスマスイヴ。独身の頃のクリスマスと、家庭を持ってからのクリスマスとではまるで意味が違うというのは、私がここで書くまでもないだろう。

独身だった時は、クリスマスはいつも痛みを持ったものだったような気がする。あぶれたらどうしようという焦りや、裏切られたという悲しみ。三十代になったら、女だけで集まって誰かの家でパーティーを開いた。お酒をがんがん飲んでひと晩中喋べり合って、完璧に「居直りイヴ」。あれはあれで楽しかったけれども、みじめさがつきまとったのも事実である。

「ねえ、来年も私たち、こんな風に集まるワケ？」

「悪いけど私は、来年抜けさせてもらうからね」

そして一人、また一人と抜けていったものだ。そして私も。

結婚して初めてのクリスマスのことをよく憶えている。ディナーをちょっとふんぱつしようと、青山の紀ノ国屋《きのくにや》に出かけた私は、サーモンやチーズをかごの中に入れながら、イヴの呪縛からすっかり逃れていることに気づいた。

もうイヴが近づくたびに、恋人に、

「ちゃんとその日は空けといてくれるでしょうねッ」

と確かめたりする必要はないのだ。家庭を持つというのは、こうしたイベントを何の感慨もない日常にするということである。なんて素敵なんだろう、なんていいんだろうと、しみじみと思ったものだ。

しかしこのトシになってくると、あのやきもきしたクリスマスが懐かしくて仕方ない。彼からのプレゼントで、この世が天国になったり、そうでなかったりしたあの時。そう、クリスマスではなく、恋をした若い季節が懐かしいのである。よっぽどひどい別れ方をしたならともかく、今の世の中、昔の恋人と何かしら連絡をとるものである。

えっ、そんなことはないって？　そうかなあ、「焼けぼっくいに火がつく」ということはなくても、焼けこげになったぼっくいを、まだ完全に灰になっていないと確かめるのはとても楽しいものだ。私はこれをメールの普及によるものだと考えている。

昔は別れた恋人たちが、また電話をかけるというのは、とても勇気がいったと思う。会話をしなくてはならないからだ。しかし今は、偶然会った昔の恋人と、わりと気軽にメルアドを交換したりするのではないだろうか。いや、今はフェイスブックか。

「全然変わってなくてびっくりしたよ」

「サンキュー！　お世辞でもうれしい」

とハートマークをふざけてつけたりして。そして会うことになるかもしれないし、会わないかもしれない。が、メールのやり取りはしばらく続く。

昔のことをちょっとほのめかしたり、あの時ああすれば、ちゃんと結ばれていたかもしれないのに、なんてメールでつぶやいたりする。これは本当に楽しくて、このまま会わなくてもいいかなアと思ったりするくらいだ。

なぜならじっくり向かい合って、よくお互いを観察すれば、やっぱりフケていてがっかりということも多い。ボロが出ないまま、

「近いうちに会おうね」

「本当にご飯食べようね」

などとメールをし合うのも、大人のたしなみというものかもしれない。もちろん自分に自信がある人は、会ってなりゆきにまかせてもいいのであるが、私はこのへんで満足しているかも。

が、何かのはずみで、つい会ったりすることもある。これはかなりの緊張だ。まあ、女がこの時ぐらい張り切ることはちょっとないであろう。

そういえば以前「ＳＴＯＲＹ」のグラビアで「同窓会に出る時のファッション」というのがあった。当然、昔の彼も来ているという設定だ。その中の見出しに、「逃した魚は大きいと思わせたい」というのがあり、うまい、となってしまった。これほど女心を的確に表現しているものはないであろう。

いちばんの理想は相手に「後悔させ」「苦しませ」「もう一度口説かせ」、そして「断わる」。これが出来たら最高なのであるが、まあドラマのようなことはめったに起こるものではないから残念だ。

それにしても「元カレ」という言葉は、味もそっけもなくて大人の女には似合わない。少し淫靡《いんび》に「昔の恋人」と発音しよう。そうするといくつかのクリスマスイヴの夜が甦える。

# 若い男との関係は、一生ずっと〝エア恋心〟でいいじゃない

これはもちろん「独断と偏見」と思ってくださっていいのであるが、最近流行りの「年の差結婚」に、あまり好感を抱けない。六十代の有名タレントと結婚した若い女性が、テレビに出まくっているせいもあるのかもしれないが、

「ものすごく年の離れた男性を好む女性は、家庭的に問題があることが多い」

という学者さんの説に、頷く私である。

ずっと以前、近親相姦をテーマにした小説を書こうと、専門家の方にお話を聞いたことがある。すると思春期を迎えた少女が、

「汚ない、くさい、ダサい」

と言って父親を嫌い、遠ざけるのは、近親相姦を免れようとする本能的な行為だという。ところが、途中で両親の離婚などによって父親が不在になると、このコースを経験しないことになる。そして父親の年代の男性とも、嫌悪感なく性的関係が

結べるのだ。

それと反対に「若い男と熟女カップル」というのも私は好きではない。つい先日、六十代の女性タレントと、熟女好きを公言するお笑い芸人との交際がマスコミをにぎわせた。スタジオのキャスターやコメンテーターは、

「相手の女性は、とても若くてキレイだからいいんじゃないですかー」

とあたりさわりなく言葉を濁していたが、街でのインタビューでは、

「気持ち悪いー」

と言う同年代の女性が多かった。私も尋ねられたら、同じことを答えたに違いない。

顔はお化粧やもろもろでカバー出来るとしても、体の劣化はどうにもならないはずだ。いくら運動やエステをしたところで、ウエストは行方不明となり、おっぱいはしなびて垂れていく。時々男性週刊誌のグラビアを目にすることがあるが、二十代の女の子の裸胸は、横になってもなだらかに盛り上がっている。やわらかくて素敵。男の人の愛撫を待っている胸だ。が、中年を過ぎると、あおむけになると、胸は全く水平になる。それにぽちっと乳首が隆起するという寒々とした光景になるのだ。

それならばとうつぶせになると、胸は確かに一見豊かになるが、その分、お腹の肉が同じように流れ込んでくる。みじめである。こんなカラダを、誰が喜んでくれるだろうかと女はふつう思うわけだ。「同情相憐れむ」という感じで、まあ、それなりにいとおしんでくれるのは、長年連れ添った夫あるいは恋人ぐらいであろうか。若い男に見せるもんじゃない。

私はある時、私と同じような体型の四十代の女性と、郷ひろみさんのコンサートを見に行ったことがある。ひろみさんの体は、ご存知のように鍛え抜かれた素晴らしいもので、踊りの見事さとあいまって、ため息をもらさずにはいられない。

「ひろみさんって、本当にカッコよかったですね……」

帰り道、ラーメンをすすりながら彼女は言った。

「私、ひろみさんの前でハダカにならなきゃならなくなったら、絶対に自害します」

自害は大げさとしても、私は彼女の言葉がよく理解出来るのだ。いくら好きな人でも、美しい肉体を持った男に、どうしてこちらのこんなものを見せられようか……。

「だけど、精神的に本当に愛していたら、相手の男はその女を体ごと受け容れるんじゃないの」

というキレイゴトは通用しない。

だってあのお笑い芸人に「精神的な」なんてのがあったと思います？　芸人としての彼は好きであるが、「熟女好き」というキャッチフレーズは信用していない。あの一件は彼が仲間に言いふらしたために漏れた、と書いてある週刊誌もあった。

「お前、セミの抜け殻好きって言ったろー。じゃあ、食べてみろよ」

という友人の挑発にのった、いたずら小僧の冒険と思うのは私だけであろうか。

私がここまで厳しいことを言うのは、まわりでいくつもの例を見ているからだ。

私の友人に魅力的な四十代、五十代の独身は多い。すると必ず若い男からのアプローチがある。年上の女と年下の男という組み合わせは、百パーセント男の熱心さによるものだ。いろんなことをわきまえた女は、「私なんか」と最初は拒否する。すると若い男はものすごい情熱でかきくどく。そして恋愛が始まる。しかし別れを言うのも、百パーセント男の方ですね。

「僕はやっぱりちゃんとした結婚をしたいから」

とくる。彼らの心をずっとつなぎとめておく方法はただひとつ。関係を結ばないことだ。つまりこちらの弱味を握らせないことである。弱味というのは、この場合カラダということになるが、口惜しいが本当のこと。若い男との関係はずっと「憧れの年上の女の人」でいいのではないか。私はそう考える。

## 見習うべき？　奇跡の美しさを手に入れ、自己実現も果たした元・バブル四十代

バブル時代を代表する作家といったら、やはり森瑤子《もりようこ》さんの名があがるだろう。しかし「STORY」の読者世代にとっては、「名前を聞いたことがある人」になっているかもしれない。

同業者としてはっきり申し上げて、後半の方はワンパターンの作品が多かった。都会に住むしゃれた男女が不倫をしたり、裏切り合ったりする、というものだ。作品よりも華やかなライフスタイルの方に、読者の興味はいったような気がする。

が、森さんの初めての小説「情事」は、あの当時の女性の心を大きく動かした。

「反吐をするほどセックスをしてみたい」

という中年女性の言葉に、そうだ、そうよと頷く女たちはたくさんいた。もう若くはないけれども、生命を燃やすように性欲にとことんつき合ってみたい、という女たちの心を代弁したのだ。

が、あの頃から三十年以上たつと、

「えっ、そういうもんかしら」

という女性の声の方が大多数なのではなかろうか。

私のまわりの四十代女性というのは、スリムな体型を保ち、肌もすごく綺麗、ファッションにも敏感だし、夜遊びもしている。そういう人たちがみんな秘密の恋人を持っているかというと案外そうでもない。

「あなたぐらいキレイだったら、もう一人ぐらいいてもいいんじゃないの」

と私がけしかけても、

「えー、そんなのめんどうくさいし」

という答えがかえってくる。夫ともそこそこうまくいっている。いっていない人もいるが、そういう人はとうに別れているかチェンジしている。今さら不倫をしてみたところで、なんかいろいろトラブルが起こりそう。そんなことをするよりも、女同士でお酒を飲んだり、おいしいものを食べたりする方がずっと楽しいというのである。

もちろん流行の〝同級生不倫〟をしている人もいるにはいる。フェイスブックでどうのこうのではなく、単純に同窓会で再会し、当時の彼とまた始まったという例を知っている。というのは、四十代の彼女が、少女だった時よりもずっと魅力的だったということに違いない。

しかし彼女に言わせると、彼と会うのは月に一度、しかも、

「何もしないで食事だけで別れる方が多い」

ということだ。

今の若い人は性欲が減退しているというが、それは中年にも拡がっているのではなかろうか。昔と違って今の四十代は、仕事ももちろんファッションや美容など、さまざまに楽しみややり甲斐がある。何もせっぱ詰まった思いで、不倫やらセックスに走らなくてもいい、という気分があるような気がする。

「なんかそういうのって重たくて」

と友人の一人が言った。

そういえばバブルの頃、よく聞いた言葉に「自己実現」というのがあった。いったい自分は何のために生きているのか。子どものため、夫のため、というのではあまりにもせつな過ぎる。誰それさんの奥さん、何とかちゃんのママというのではなく、一人の人間として私を見てほしい、という意味だったのではなかろうか。

ついこのあいだ男性週刊誌のグラビアで藤田紀子《ふじたのりこ》さんを見た。バレエのレッスンをしているそれはそれは美しい姿であった。「奇跡の六十五歳」とあったが本当に

信じられない。体のラインも崩れていない。そして年齢からすると、この方はバブル時に中年になっていたはずである。

紀子さんを初めて見たのは今から二十年近く前、お兄ちゃんの横綱昇進が決まった時だ。花田《はなだ》家に親しい友人に連れられて奉納相撲を見に行った。おかみさんとして当時理想の母親でもあり、理想の妻でもあった紀子さんは、優雅な着物姿で本当に綺麗であった。が、運命の波が花田一家を襲ったのはご承知のとおり。そして紀子さんは離婚をして、ひとりタレントの道を歩むことになったのだ。彼女はもともとは女優さんだったのである。

若づくりをしてバラエティに出ていた紀子さんは、かなりイタかった。

「あそこまで世の尊敬を集めた女性が、こんな二流のタレントにならなくても」

と私は思ったものだ。事実、テレビ東京で、「おニイちゃんと行く二人旅」みたいなものしか出なくなった。ところが最近の熟女好きタレントの熱愛騒動で、紀子さんはたちまち「時の人」となり、めきめき売れて美しくなった。お正月番組を見ていても着物姿の彼女がいちばん素敵だった。私は彼女にバブル時代の女性の実績を見る。男性も必要とせず（それほど）、「反吐が出るほどどしたい」などとも思わず、彼女は自分の夢をかなえ、見事自己実現したのである。

Aging

# 衰えを何とかしているうちに、「中年の美しさ」はぐいっと出てくる

「私に不幸は起こらない」。美しい主婦の自信に満ちた姿には、若い世代も思わず平伏す

先日『下流の宴《うたげ》』という小説を出したところ、いろんなところから反響があった。

インターネットでも連日、

「この本について話し合いませんか」

などと、サークルが出来たりしている。


高校中退してフリーターになった息子と、それをとりまく人間像を描いたのであるが、みんなからとても評判が悪いのが、母親の由美子だ。自分は四年制の国立大学を卒業し、医者の娘だというプライドを捨てきれない。


息子が連れてきた同じくフリーターの恋人は、

「育ちが悪い」

とイジメたりする。根っから差別感がぬぐえない女なのだ。

その次に読者に嫌われるのが、彼女の娘であるカナであろう。都立の高校から、お嬢さまブランドの女子大に「トッピング進学」し、合コンに精を出す。とにかく収入のいい男と結婚して、優雅な専業主婦になるのが人生の目的なのだ。そして念願果たして、超高給取りの外資の男と結ばれるのであるが、その後ドンデン返しが待っている、というストーリー。

「でもハヤシさん、今どきこんなカナみたいなの、いないんじゃないですか」

取材にくる人はたいていそう言う。

「こんなご時勢だし、女性だって自分で稼がなきゃ生きていけない時代ですよ。男の人だって、奥さんにいい暮らしさせられるわけはありません」

そういう時私は、必ず、

「じゃ、『STORY』はどうなの、『STORY』！」

と叫ぶ。

「あそこにはお金持ちの、まだ若い奥さんいっぱい出てくるじゃん。毎日ネイルやジムへ行って、インテリアやファッションにお金遣ってる人たちよ。見た目もすごくキレイ」

「でも、ああいう人たちは特殊で」

「そんなことないわよ、読者モデルだって、わんさか出てくるわよ。特殊な人たちだったら、あんなに『STORY』が売れるわけないじゃないの。あのさ、若いコたち、やっぱり『STORY』のグラビアに出てくるような奥さんになりたがるの、あたり前なんじゃないの。ものすごく羨しいのよ。私だって羨しいもの」

「えっ、ハヤシさんがですか」

「そうよ。お金持ちの奥さんって、やっぱり羨しいよー」

女が働く、というのは大変だ。世の荒波にもまれて顔だって険しくなってくる。それより何より、家庭内調整が本当につらい。家事や育児の分担をめぐって、夫と対立することもある。髪ふり乱しての綱渡りの日々。

私は基本的には、女も、いや女こそ自分で稼がなくってはいけないと思っている。働く、ということは、人間を成長させてくれるものだし、仕事でしか得られない達成感や充実感もある。が、そういう考え方とは別に、おっとりと楽しそうな、恵まれた専業主婦に憧れる気持ちを、捨て去ることは出来ないのだ。

私の親しい年下の友人で、エリートの夫を持つ人がいる。子どもたちは無事お受験も成功し、昼間彼女はとてもヒマそうである。メールするとたいてい韓流ドラマを見るとか昼寝している。独身の頃より十数キロ太ったそうだ。

「あなたさ、ちょっと働いてみない？　あなたなんか一流大出て、資格も持ってるんだから少し頑張ればすぐに見つかるよ」

「私にそんな気はない」

彼女はきっぱりと言った。

「私、働くの、本当に好きじゃないの。独身でバリバリ働いている時、ずーっとお昼寝して、おやつ食べる生活が夢だったの」

私は彼女に少し説教した。

「そういうのって間違ってるよ。いくらおたくの旦那がすんごい高給でも、いつリストラされるかわからないでしょう。それにさ、こんなこと言っちゃ失礼だけど、こんな世の中、何が起こるか。おたくのダンナが、もしかしてガンになったらどうするの。ガンじゃなくてもさ、若い女性とデキちゃって、もし別れてくれ、なんて言ったらどうする。そのためにも、女は稼がなきゃダメなの」うんぬん。

するとと彼女いわく、

「私、そんなに運が悪くないと思うから」

そうか、そういうことか、と目からウロコが落ちた。世の中の金持ちの専業主婦ほど、自信に満ちているとはそういうことか。

「私には不幸が起こるわけはない」

夫がリストラにあうこともないし、収入も減らないはず。根拠はないけどそう思ってる、美しい主婦たち。だから若い女の子は「ＳＴＯＲＹ」の主婦に憧れるに違いない。

## 〝お嬢さま〟を脱皮した〝働く四十代〟の台頭。「女のすごろく」に異変あり

つい先日、ヨーロッパの何ケ国かを訪ねた。あちらで何人かの駐在員夫人とお茶をしたのだが、昔と様《さま》がわりしていることに驚いた。一流の国立大学を出て専門職に就いていた人、あるいは留学して国際的な企業に勤めていたような人がほとんどだったからだ。

みんな異口同音に言う。

「夫の勤務が終ったら、日本でちゃんと仕事を再開させたい」

あるいは、

「世界の途上国で働きたい。その時は夫が私に従《つ》いてきてくれる番だと思う」

とにかくものすごい仕事への向上心と意欲があり私は感動した。

昔はこんなんじゃなかったと記憶している。バブルの前頃の駐在員夫人というのは、ＣＡをしていた人、あるいは同じ職場という例が大半だ。当時、総合職も出来

たか出来なかった頃で、銀行や商社に入社してくる女性は、自宅通勤のお嬢さまばかりだった。ＣＡやお嬢さまにとって、ヨーロッパの駐在員夫人というのは、

「女のすごろく、一丁あがーり」

という感じではなかっただろうか。

駐在員夫人というのが、今よりもはるかにクオリティを持った時代である。空港でよく見かける、観光客とはひときわ違う駐在員一家の姿に皆憧れたものだ。しょっちゅうパーティーがあり、おつき合いや人間関係も大変そう。でも駐在員夫人っていいなあ！

当時の奥さま方の出身校をすべて聞いたわけではないが、有名なお嬢さま学校が多かったように記憶している。

そお、〝お嬢さま〟というのも、かくんと価値が下がったひとつだ。バブルの頃、お嬢さま学校の出身者はやたらちやほやされた。それほど名もない学校でも、小学校から付属校に通い、エスカレーター式に上がってきた女の子はお嬢さまと見なされ、男の人たちはやたらありがたがったものである。

私の友人は証言する。

「学生時代、うちの学校はモテモテで、男の人たちが一度でいいからご飯食べたい

っていって、毎晩スケジュールがぎっしり。すごいレストランや和食屋さんでご馳走してくれたわね」

彼女の学校はまああの女子大だが、ブランド校になるともっとちやほやされたらしい。

日本人なら誰でも知っている某有名出版社は、革新的な記事の雑誌を出版しているくせに、実態は非常に保守的な男社会であった。男女雇用機会均等法が施行されるまで、女子は短大しか採用しなかった。それも決まった学校からである。社員のお嫁さん候補の意味もあった。しかし中には優秀な女性もいて、有能な編集者になる。しかし無神経に配置替えをして、彼女たちに受付や秘書業務、電話交換を命じた。そのため泣く泣く会社を辞めた女性編集者を何人も知っている。

そして男女雇用機会均等法が始まった時、初めて四大卒の女性が入社してきた。その出身校を知った時、私はなんだか笑ってしまった。東大と聖心卒が半々だったのだ。

高学歴の女性を使いたい。そして同時にお嬢さまも部下に持ちたい、というオヤジの心理がミエミエではないか。

そしてあれから歳月は流れた。あの頃入社した聖心大卒の女性たちは、全員結婚で辞めたと思う。私の担当をしてくれていた名門のおうちのお嬢さまで、聖心出身の女性も寿退社となった。

これは別の出版社であったが、やはり私の担当をしてくれていた聖心大卒の編集者も、結婚を機に辞めることになった。商社マンの彼の海外転勤に従いていくのだそうだ。（つまり当時の駐在員夫人になったわけだ）

私はもちろん本人には言わなかったが、まわりの人たちにこうグチを漏らした。

「こりゃないよねー。出版社の入社試験なんて何百倍もの倍率なんだもの、彼女のために数百人が落ちてるんだよ。意欲マンマンの女性たちだよ。これじゃ浮かばれないよね」

彼女たちのせいだと言う気はないけれど、この何年か聖心大卒の出版社社員を見たことがない。

バブルがはるか遠くに終わり、お嬢さまの価値はぐんと下落したのではなかろうか。もちろんお嬢さまの育ちのよさやきちんとしたバックグラウンドというものは今も尊重されている。

ただ今のお嬢さまはものすごく努力する。ぼうーっとしていたら淘汰されることを知っている。お嬢さまでも受験勉強に精を出し、大学からは東大をはじめとする難関校に進んだりする。医者や研究者、国際機関に勤める女性たちもお嬢さま学校から脱皮した人たちだ。

バブルの頃、女性誌に「○○女子大のランチファッション」に登場していた人たちは、今中年を過ぎ必死で自分探しをしている。たぶん「おしゃれなお嬢さん」というだけでは生きていけないと気づいた彼女たちは、自分たちとは違うように娘を育てているだろう。私はそう信じたい。

# 念願の〝おミズ〟で感じた、女が市場に出る価値

いろんなところで言ったり書いたりしているので、ネタの多重使いと言われそうであるが、十月に銀座の超高級クラブで〝一日ママ〟のお仕事をした。

東日本の被災地のためのチャリティ・イベントで、何人かの有名人女性に呼びかけたのである。〝一日ママ〟といっても、一ケ月やるので私だけで三日間勤めた。はっきり言ってとても楽しかった。

銀座の美容室で髪をやってもらい、着物も着つけたので、私の外見は貫禄たっぷりの銀座ママになったのである。

このブログを見た私の友人からメールがあった。

「いいなあ、あんな高級クラブでママをやるなんて。私も昔一度行ったことがあるけどこの世のものとは思えないほど美しいホステスさんがいっぱいいたわ。あんなところでママをやるなんて、まるで女王さまになったような気分でしょうね」

二件

「あの私、一度でいいから銀座のホステスさんをやってみたかったの。こんなおばさん、やっぱりダメ？（絵文字）ダメだったらいいけど……」

仕方なく私の一日ママの日に、チイママをやってもらうことにした。彼女の喜びようといったらなかった。

三件

「いったい何を着ていけばいいのかしら。イブニングドレスなら一枚だけ持っているの、あれでいいのね。髪はどうしたらいい」

彼女は四十代のふつうの奥さんである。こんなに水商売願望があるとは思わなかった。いや、私も同じかもしれない。たいていの女ならある。ただし一流の、というただし書きつきであるが。

私が大学生の頃の話であるから、もう何十年前になるであろうか。私は池袋のとあるあんみつ屋さんでバイトをしていた。そこでの仕事が終わるのはいつも九時過ぎになる。ビンボーな学生であるからバスにも乗らない。歩いて上池袋のアパートに帰るのだ。夜の池袋の街を歩いているうちに、何人かと顔なじみとなった。特にしょっちゅう会うのは、ビラ撒《ま》きの男たちだ。何とはなしに挨拶をするようになっ

た頃、そのうちの一人が私にビラをくれたのだ。するとそれは、

「ホステス募集」

というやつであった。しかもネグリジェパブだ。今はあるかどうかは知らないが、当時は結構流行っていた。スケスケのネグリジェを着て、そこは池袋だからかなりきわどいサービスをしたに違いない。

ビラを貰った私はしばらくビラを眺めていたと思う。不愉快ではなかった。むしろ嬉しかったのである。その理由は二つあって、まずは女として視界に入れてもらっていたということ。私の同級生の中ですっごい美人が、銀座を歩いていてスカウトマンに声をかけられたという時があった。まさか私が銀座で声をかけられるはずもないが、たとえ池袋でも声をかけられたのはなんかウキウキしたのである。

そしてもうひとつは、

「いざとなったら水商売で食べていけるかもしれない」

というかすかな自信が芽ばえたことである。当時は大変な就職難で、大学を卒業しても女の子はなかなか勤めることが出来なかった。事実卒業後の私は、四十数社から断わられ、ずうっとバイト生活をおくることになるのであるが、お金がなかっ

たりみじめな気分になった時、

「いいもん。いざとなるとおミズをするもん」

と心の中でつぶやいていたような気がする。

この「おミズをする」というのは、女の最後の砦《とりで》かもしれないが、現実はそうカンタンなものではない。私は大人になり、一流どころのママとか芸者さんを見るたびに、まあなんとしんどそうと思ったものである。だいたい一流の水商売の女性というのは、美しいだけでは勤まらない。聡明なことと、骨身を惜しまず働く心がけが必要であろう。男と女の関係だってうまくコントロールしなくてはならないだろうし、水商売というからにはイヤなお客だってやってくる。

私はホステスさんや芸者さんに威張ったり説教をする男を見るたび、本当に彼女たちに同情した。私だったら耐えられないだろうと思う。いくらお金を貰ってもあんなオヤジを接待しなくてはならないなんて本当にイヤ。

が、大変なことはさて置いとくとして、一流の水商売の現場はやっぱり楽しいかも、というのが私の感想だ。もちろん本物のママやスタッフに支えられての〝ごっこ遊び〟だとわかっていてもだ。

三日一日ママをしたら、私の肌はあきらかにアップし化粧ののりがよくなった。

おそらく女性ホルモンがいっぱい分泌されたのだろう。女として市場に出ることの大切さをつくづく思った一日ママであった。

## フリースを着る美人とカシミアを選ぶ美人の違いは、「女の才能」である

私はかつて、

「ビンボー人に美人妻なし」

という言葉を記したところ、

「そんなミもフタもないことを言って」

「確かにそうかもしれないけど……」

などと各方面からひんしゅくを買った。

が、この言葉は私の「ああ、惜しいなあ」という気持ちのあらわれだと思っていただきたい。

ママチャリに子どもをのっけて、髪を文字どおりふり乱して走っているママを見ることがある。おしゃれも何もあったもんじゃない。毛玉だらけのフリースに、決しておしゃれではいているとは思われないジーンズ、髪もちゃんとカラーリングし

ていないから根元がまだらになっている。もちろんスッピンなのであるが、目鼻立ちははっきりしていて美人の部類に入るという顔立ち。

そんな時私は、

「ああー、もうちょっとこうなったら、ああなったのに……」

といろいろ考えてしまうのだ。

このお母さんを、たとえばカシミアのコートに高級バッグを持たせ、髪もふんわりカールして私立の制服を着た子どもの手をひかせれば、青山や広尾あたりでよく見かける〝お通学ママ〟になる。若い女性が憧れの視線をもって見つめる、美しくリッチなママになるはずだ。

どっちの人生がいいか、という論争はこの際置いておいて、若くて綺麗な女性にはいろいろな人生の選択がある。その選択は美人なら美人ほどどんどん拡がることであろう。そこにいろいろなチャンスや偶然がからむ。友人から誘われて、ある日若いドクターの合コンに出かけた。あるいは親の知り合いから、オーナー企業の後継ぎを紹介された……エトセトラ。

しかしそういうことに全く興味を持たない女もこの世には結構いる。「愛がすべて」とか気負っているわけでもなく、ものごとをそれほど深く考えない。目の前に現れた男と恋愛して、すぐに結婚したりする。

「もっと金持ちの男と結婚して、いい人生をおくろう」

とかほとんど考えなかった彼女たちは、その後もそれほど後悔していないように見える。そしてチャリンコに子どもを乗せ、スッピンのままパートに出たりするのだ。

それで本人は幸せだから、私などが別にナンダカンダいう筋合いもないのであるが、
私はただ、

「ああ、惜しいなあ……」

とすれ違いざまにある感慨をもって彼女たちを見送るのであった。

一方で私は長いこと「金持ちの奥さん」というのがどうも苦手であった。まるっきり「違う世界の人」と考えていた。

私は足を踏み入れたことはないが、都会にはそのテの社交界というのもあるらしい。ご主人と奥さんというカップル何組かで、パーティーに出たり、軽井沢でゴルフをしたり、京都に食べ歩きに行ったりするようだ。

そういう方々を時々垣間見るのが、オペラの初日のロビイだったりする。まあ、

知り合いもいたりするので奥さんを紹介してもらう。かつてこういう女のヒエラルキーにおいて、働いている女など下の下。特に物書きなど「がさつで変わっている人」ということになる。私と女友だちはある時、〇〇省次官の夫人という人から、音楽会のロビイでまことにまことに失礼な態度をとられたことがある。別の某有名人女性は、そういう夫人たちにかなりムッとしていて、

「次にまた結婚する時は、絶対にああいう人の奥さんになる」

と宣言して実行したものである。

が、それも昔の話で、この頃お金持ちの夫人でも、仕事を持ったり、ボランティアをいろいろとして面白い人が増えた。

「主人の名で得することがあれば、ちゃんと使わせてもらうわ」

とはっきり言う人もいて小気味よい。

つい先日のこと、ある大金持ちの夫妻と食事をした。その夫人は有名な美女である。が、わざと地味な格好をして貴金属も身につけない。ご主人と年が離れているため「トロフィーワイフ」と呼ばれるのを気にしているのかもしれない。が、そのエレガントな風情、知性、夫をたてるつつましさに、私はすっかり感動してしまった。

「こんな素晴らしい男性はいない。ついていける私は幸せ」

という様子がしっかりと伝わってきたからだ。お金持ちの奥さんになるとは運ではなく、実は才能だと思うのはこんな時である。意志でもない。何かもっと違う何か。それがフリースとカシミアとを分けているのだ。

八〇年代を顧みて、思う。本物の女とは、
ただ美しいだけでなく、陰影も持っているものだと

二十年ぶりに、バンコックのマンダリンオリエンタルホテルに泊まった。

ここは私にとって思い出のホテルである。旅行雑誌の取材で、初めてこのホテルに来た時の感動をよく憶えている。

私が泊まったのは新館のセミスイートで、角部屋になっていた。テラスに立つと、チャオプラヤ川が夕暮れを迎えるところであった。

小さな舟がゆっくりと行きかい、どこかでコーランの声がする。

部屋には珍しい色と形の、南国のウエルカムフルーツが山のように盛られ、枕には濃いピンクのオーキッドが一輪置かれていた。

「なんて素敵なホテルだろう」

と私は感動したものであるが、それもそのはず、当時オリエンタルホテルは、世界のホテルランキングでずっと一位の座についていたのである。

それから何度も一人でバンコックを訪れ、このホテルに泊まるようになった。在留邦人のために、このホテルで講演会をしたこともある。

昼間はプールで泳いだり、サイドで本を読んですごす。そして夜は、こちらに遊びに来ている友人たちと、水上ボートを使って川を下り、おしゃれをして素敵なレストランに出かけたものだ。

あの頃、バンコックのマンダリンホテルは、いちばんイケてる場所だったと断言してもいい。日本はちょうどバブルを迎えていた頃である。単なる海外旅行の時機は過ぎて、贅沢なホテルで長くステイすることが流行っていた。いろんな雑誌がこぞって、マンダリンホテルを取り上げたものである。

私は招待されなかったが、ある香水の発表パーティーはマンダリンホテルで行なわれた。東京からチャーター機をとばし、パーティーピープルたちを運んできたのである。後日雑誌を見たら、女性はみんなイブニングドレス姿でシャンパングラスを手にしていた。そしてその中にいた森瑤子さんが、このマンダリンホテルを舞台に小説を書いたことを憶えている。

今回の滞在で、日本人マネージャーに尋ねた。

「マンダリンホテルは、ずっと今も世界一の座を守っているんですか」

いいえ、残念ながらそれはありません、とその方は答えた。

「このバンコックにも、外資の新しいホテルが幾つも出来たので、そちらが点数を集めることがあります。オリエンタルが、いちばん格調高いのは確かですが」

ということであった。静かに時間は流れていたのである。

そして今回このホテルで過ごすうちに、私はあることに気づいた。八〇年代のホテルステイにあって今はないもの。それは官能という要素であろう。

官能とは何だろうか。それは好きな男とこのホテルに泊まりたいかどうか。ゴージャスな情事が似合うかどうかということだと私は思う。それもたそがれ時の情事。けだるい、という言葉が似合う余韻がある情事。

あの頃のマンダリンホテルには確かにそれがあった。今も多少ある。むせかえるような南国の花のにおい。高い天井のプロペラ。陽が強いためにかえって薄暗い部屋。シーツや枕に置かれる赤い花……。

あっけらかんとしたハワイのホテルでは、この〝官能〟の妄想は、それこそクスリにしたくてもない。それではヨーロッパのホテルにあるかというとそれも違う。パリやロンドンのホテルは、もっと理性的なひんやりしたものが流れているような気がする。そしてイタリアのホテルにもスペインのホテルにもそれはない。五感をくすぐるようなにおいと陽の光がある他の場所はどこだろうと考えたら、シンガポールのラッフルズホテルが多少近いかもしれない。が、あそこは、まわりが近代的過ぎる。やはりマンダリンホテルの川と小さなジャングルというロケーションは最高なのである。そして私はこんなことを考えるのは、本当に久しぶりだとつくづく思う。

大人の女というのは、官能が香り立つ場所を探しあてる嗅覚を持っていなければならない。そして八〇年代の女の人たちはそれを持っていたのである。私はまだ若くて、先輩たちのその様子を遠くから見て真似するだけであったが、マンダリンホテルだけは、私なりにかなりどっぷり浸ったなあと思わずにはいられない。

美魔女もおおいに結構であるけれども、本物の女はただ美しいだけでなく、陰影も持っているはずだ。そして八〇年代の女たちは、皺ある顔を否定しなかった。デュラスが熱狂的にもてはやされたあの時代を思い出す。マンダリンホテルのオーサーズスイートのベッドの上で。

# みんな気づいてる。かつて男がつくった「女のヒエラルキー」なんて、とっくに古びてるって

先日、一冊の本をつくるために、ドバイ、オマーンと旅行してきた。ちゃんとヘアメイクも同行して、いっぱい写真も撮った。本来ならば、フォト&エッセイ集ということになるのであるが、ふざけて「写真集」と自分で言い張っているうちに、なんだかおかしなことになってきた。

「ハヤシさん、写真集出して、脱ぐって本当ですか」

と本気で聞いてくる編集者も出てきて、私やまわりの人たちも次第に悪ノリしてきたのである。

私がエッセイを書いている女性誌（「STORY」ではありません）は、

「林さんのファースト写真集もうじき発売」

なんて書いてくれるし、帯文は秋元康《あきもとやすし》さんが、うんとアイドルっぽいのを寄せてくれることになっている。

「予約先行あり」とブログに書いたら、うちの近くの本屋さんで、本当に予約してくれた人が三人いたそうだ。そしてこの担当者が、「美ST」の山本編集長（当時）に、

「ハヤシさんを表紙にして」

と頼み込んだところ、

「手ブラやってくれるならね」

という回答があったそうだ。もちろん自信があったらぜひしたいところであるが、出腹に横長のおヘソ、ウエスト全くなしの長方形の姿をお見せする勇気はない。残念だ……。

ところでここのところ、やや下火になったというものの、木嶋佳苗のあの人気は不思議なものがあった。法廷に必ずやってくる女性たちもいたし、各週刊誌が特集を組んだ。ムックさえ出たぐらいだ。

デブでブスの女が、男を騙すどころか、殺人まで犯していたと言われている。とんでもない悪女だったのである。おまけにこの女は、自分のレベルの低さをまるっきり自覚していない。常に上から目線でものを言うので、たいていの女たちは呆れ、腹をたてた。それはルールを守らない者に対しての怒りである。

「あんたぐらいの低レベルの女だったら、そんな態度はとれないでしょ。もっとやるべきことがあるでしょ」

例えば、ダイエットをちゃんとするとか、顔のマズいところは、お金を貯めてお直しするとか、ということである。そういうことが出来なかったら、深い劣等感を持つ、卑屈になる、いじける、ｅｔｃ．……が、キジカナはこのどれもしようとはしない。悠然と構えて、美人だけに許される言葉を口にしているのだ。しかしそうしているうち、亡くなった方々には申しわけないが、一部の女たちの中に、奇妙な爽快感のようなものが、芽ばえてしまったのではなかろうか。

それは男による女のヒエラルキーの破壊である。もうあんなものはなくてもいい。私たち女というのは、ものごころついた時から、そのヒエラルキーの中に組み込まれている。美人とそうでない女は、歴然と差をつけられ、露骨なエコヒイキを受けるのだ。

昔はもっとひどかった。ある日私は「女子大生募集」というバイトの面接に出かけた。やることといったら、住宅展示場の案内アシスタントである。別に女子大生でなくてもいい仕事であるが、そういう表示をするところに、雇う男側の意図が見えていた。三人入り用ということで、私も運よくワリのいいバイトにありつけたと

思ったのもつかの間、二日後、私なんかよりはるかに可愛い女子大生が応募してきた。すると

「申しわけないけど、四人もいらないから」

と、私があっさりクビにされたのである。

「おかしいじゃないですか。私より後に応募した人を優先して」

と今だったら言えたかもしれないが、二十歳の私はすぐに退き下がった。傷口に塩をぬるようなことはしない方が得策だと、よくわかっていた自分がいじらしい。

さて、この頃バラエティ番組に出てくる白鳥美麗《しらとりみれい》がものすごい人気である。渡辺《わたなべ》直美《なおみ》さんがおかしな顔に見えるメイクをして、ますます太ってみえる珍妙なセーラー服を着ているのだが、この白鳥美麗は絶世の美女という役柄なのだ。反対にゲストの美人タレントさんたちが、

「ブス、あっちへ行け。ゲー、吐きそう」

といじめられる。つまり不器量なコと、美しいコとのシチュエーションを、全部反対にしているのだが、これに男たちはただ笑い、女たちは拍手喝采をしている。これもキジカナ現象と同じ。男たちがつくったそうしたヒエラルキーは、もう古いものだとあざ笑っているのだ。

私の写真集もこの時代の流れで、ぜひ売れてもらいたいものだ。おばさんの写真がのっている本を、アイドルと同じように扱う。アイドルと同じ趣向でプロモーションをする。売れたら思いきり男たちがつくり上げてきたものを、女たちで嘲笑したい。私、手ブラはしませんが。

# 衰えゆく容姿をどうにか支えているうちに、〝中年の美しさ〟はぐいっと出てくる

先日『桃栗三年　美女三十年』という本を出した。

自分では「ファースト写真集」と言い張って、まわりの人たちを呆れさせているが、まあ言ってみれば「林真理子大辞典」。交遊録から好きな食べ物、旅行フォト&エッセイ、コラム、いっぱいてんこ盛りだ。中でも皆を驚かせたのは、ドバイ、オマーンにロケした写真であろう。お洋服も自前でいっぱい着ているし、ホテルも最高級のとこに泊まっている。

ここからは自慢話と思っていただきたいのであるが、ここの私の写真は本当にキレイ（に撮れているの）である。ヘアメイクさんに一緒に行ってもらったし、カメラマンは昔から、

「ハヤシマリコを撮らせたら日本一」

と私が呼んでいる女性だ。修整はしていない（と思う）。ダイエットに精出した

せいか、ほっそりと映っている。

もちろんお世辞半分としても、

「この写真、本当にキレイ。本当にびっくり」

という声が多数寄せられている。と同時に、

「感動した」

という声もある。それは、

「あんなどん底からよく頑張ってきたわね……」

という思いからであろう。

女優さんやタレントさんなど、もともと美しい人が、中年過ぎてもキレイさを保っているというのはよく聞く話だ。しかし私のように容姿に恵まれなかったものが、努力によってここまできた例は初めてではないだろうか。しかもしつこいようであるが、修整も整形もしていない。お直しいっさいなし。ヒアルロン酸を注射したことは三回あるし、サーマクールもあります。が、切ったり貼ったりはなし。金の糸もなし。しかも、しかもここが大切なところで、私がいちばん自慢したいところであるが、私は美容専門家でもなければ、美容の愛好家でもない。本が売れる、売れないは別として、たぶん日本で何番めかに連載が多い作家で、ものすごい量の仕事

をしている。そのうえこうるさいサラリーマンの夫もいるし、手のかかる子どももいる。だから頑張る、といっても知れたもんであるし、根性のないことでも有名だ。ダイエットをしてもリバウンドを繰り返しているおばちゃんだ。

しかしドバイで撮られた写真を見ると、

「私って頑張ったなァ」

としみじみ思わずにはいられない。なぜなら若い時分はお相撲さんのように太っていた頃もあるし、髪の毛バサバサの、身のまわりに全く構わなかった時期もある。これは私を知っているすべての人が言うことであるが、

「若い頃より今の方がずっといい。ずっとキレイ」

なんだそうだ。これってすごいことではないだろうか。おかげさまで女性誌のインタビューをよく受けるようになった。

「ハヤシさん、年をとってからキレイになったのはなぜですか」

私は平然と答える。

「やっと内面の美が外に出てきたっていうことじゃないでしょうか」

ひんしゅくを買うのはわかっているが、だってそうでしょう。三十代より四十代、四十代より五十代の方が、いろいろな経験を積み、考えが深くなってくる。自分が

傷ついたからこそ人の痛みがわかるようになる。思慮深くなり、人間も魅力を持ち始める頃だ。

しかし悲しいことに容姿は衰えていく。シワは増えていくし、弛みだって出てくる。毛穴は開くし、シミ、白髪も日々に目立っていく。しかしそういうものを押しのけて、ぐいぐい内側から出ていくものがある。それが個性というものではなかろうか。

そして外側の衰えに水を与え、栄養もやって何とか支えていくうちに、内側のその個性というものが、ぐいぐい外に出てきて、その女性をうんと素敵にする。これが本当に中年の美しさというものではなかろうか。

私の友人で五十代で、ものすごくモテる女性がいる。バツイチであるが、長年のレギュラーの恋人がいて、そしてイレギュラーを時々変えていく。このあいだ一緒にお酒を飲んでいたら、

「最近久しぶりに二股をかけたら、体がすごくつらかったワ」

とドキリとするようなことを言うではないか。私のまわりの男たちは彼女にみんな心を奪われる。外面も確かに美人であるが、それよりも彼女の内側にある〝魔〟に、吸い寄せられていくかのようだ。

「美魔女」という言葉があるが、単に若く見えるだけでは、決して魔女にはならない。ガリガリに痩せて、若づくりして、ものすごいネイルアートすれば「美魔女」になれると思っている人は多いけれど、それはいつしか「ただのイタいおばさん」になっていくのではなかろうか。

個性というものは、一日では出来ない。おしゃれにうつつを抜かしていても出来ない。一回会っただけで人の心をつかむ大きな何かだ。私はそんな個性ある女友だちにいつも囲まれ、そしてそのサークルから出されないように、日夜頑張っているつもり。「ファースト写真集」ぜひ見てくださいね。

# 万歳！
# 綺麗な四十代が、五十代、六十代になってもみずみずしくいられる時代

仲のいい年下の女友だちが、四十五歳の誕生日を迎えた。

「内々でお祝いするので来てね」

ということで、西麻布のレストランに招かれた。そこに集まったのは、元女子アナ二人に、元ＣＡでプロ野球選手夫人といった方々。みんな四十代でママである。当然のことであるが、その綺麗なことといったらない。私の視線から見ているので、全員華やかでおしゃれな美女ばかりである。一緒にいるだけでこちらまで楽しくなってくるではないか。

「すっごいなァ……」

シャンパンを飲みながら私は言った。

「まるで『ＳＴＯＲＹ』のグラビアみたいじゃん」

全く四十代の女性の美しさといったら、なんといったらいいだろうか。内面と外

面とがちょうどよいバランスを保って、成熟の輝やきを見せていく。話をしていて本当に楽しく魅力的だ。もっともそうではない人も世の中にはいっぱいいるだろうが、そういう人は「STORY」を読むはずもないので、話を省いていく。

ところで最近、武《たけ》井《い》咲《えみ》ちゃんがグッチと契約を結んだが、そのお洋服がまるで似合っていないことに私は驚いた。人気絶頂の、あれだけ顔が小さく美しい女性なのに、最新のお洋服をまるで着こなせていない。

あきらかに服に負けているのだ。

「あれを米倉涼子ちゃんが着れば、ばっちり似合ったと思うのよ。あの人ならぴったりよ。若いと着られないのよ、あの手の服は」

と知り合いのファッション誌の編集者が言う。やはり武井咲ちゃんとグッチとのミスマッチは、業界でも話題になっているようだ。

「だけどすっごくいい話だよねぇ、若さとか美しいだけでは、着こなせない服がこの世にいっぱいあるなんて」

そこへいくと四十代の有利なことといったらない。うまく服を選べばガーリッシュなものも着こなせてしまうのである。私は綺麗な四十代がそのまま五十代になりつつある、今の現状が好ましくてたまらない。若い男性からも、

「全然ＯＫ」

と言われる五十代が増えていくに違いないからだ。

しかしそういう時、ある重大な悩みが出てくる。女性の体の深部は、顔ほど若やいではいないということである。私の友人は五十代後半の独身であるが、最近三十代の恋人が出来た。相手はがんがん責めてくる。そのうち彼女は、体の中心部が痛くて歩けないようになった。擦過傷を起こしていたそうで、ゼリーを使用するように女医さんに注意されたそうだ。

こういう話を聞くと、私など小説のテーマがあれこれ浮かんでしまう。

美しい四十代を終え、五十代を迎えた時、女はそういう時、どうしたらいいのだろうか。馴れ親しんだ夫は、それで我慢（？）してもらうとして、小説だから新しい恋人が登場する。いくら愛したとしても、その愛する人にカラダを見せたくない。垂れてきたバストやしなびたお腹を見せるくらいなら、プラトニッククラブでいいと思うのが、五十代の女の心情なのではなかろうか……。

事実私は、小説の中にそういうシーンを何度か書いてきた。

が、つい最近岸恵子さんの話題の小説を読んだら、それこそ目からウロコが落ちたのである。主人公の女性は六十代終わり頃であるが、誰から見ても若くて充分に美しい。ドキュメンタリー作家として世界をまわり、深い知識と洞察力を持つ、たとえようもなく魅力的な女性というのは、おそらく岸さんご本人がモデルであろう。

その女性が、恋人となった五十代の男性を迎え入れようとするが、どうしてもうまくいかない。局部が乾いたまま、ぴったりと閉じてしまうのだ。

しかし、私の小説の主人公のように、彼女は諦めたり嘆くだけではない。すぐに婦人科の先生のところへ行き、いろいろ処方してもらう。そしてその男性と、身も心もしっかり結びついて、素晴らしい恋愛生活に突入する。そしてそれは彼女が七十五歳になるまで続くのだ。

なんて素敵なことを教えてくれたのであろうか。私は断言してもいい。今の四十代がそのまま五十代、六十代になっていき、そしてこうした医学を味方にしていけば、いつまでもみずみずしい日本女性が出来上がる。その頃には、私のまわりの、

「女は若い方がいい」

と言っているアホ男たちも、少しは改善されるに違いない。なんだか楽しくなってきたぞ。

アンジーみたいに「全力で立ち向かう」か、「年を重ねる中で、いちばん素敵に生きていく」か。老いには覚悟が必要だ！

昨日、美容家の田中宥久子《たなかゆくこ》さんをしのぶ会に行ってきた。赤いバラに囲まれた遺影を見ても、まだ田中さんが亡くなったことが信じられない。

田中さんとは十年ごしのつき合いになる。その間ずっと造顔マッサージをやっていただいていた。おかげで「年よりも若く見える」と言われることが多い。力を込めて皮膚を動かし、リンパを流すというやり方は、それまでの美容術にはなかったものだ。

「これさえマスターしていれば、ずっと若々しい顔でいられるわよ」

と田中さんは言ったものだ。

「年をとるのはちっとも怖くない。私は自分が八十歳になるのが楽しみで仕方ないの」

私もその言葉を聞くうち、本当にそうかもしれないと思うようになってきた。そういう田中さんだったから、整形手術には否定的であった。

「美容整形が一回で済むなら、私だってやりたいですよ。でも一度やると、ずうっと一生何度も何度も手術をしなきゃいけなくなるの。そしてだんだん〝怖い顔〟になっていくの」

一度私が法令線にヒアルロン酸を入れた時は、ちょっと嫌な顔をされた。

「こういうことされると、触《さ》わるのがこわくて力を入れられないの」

田中さんの手は「ゴッドハンド」にふさわしく、強くあたたかかった。すっぽりと皮膚に吸いつくようであった。その掌でマッサージされると、本当に頬が上がったものだ。

そして田中さんは美容家の実績もさることながら、本当に素敵な人だった。いつもシャネルのジャケットを着て、帽子を小粋に被っていた。生き方もカッコいい女性を失ない、老いていく気構えが、かなり薄くなったような気がする。

そんな折、仕事で書道家の篠《しの》田《た》桃紅《とうこう》さんにお会いし、その美しさにびっくりした。今年百歳になられたのであるが、はきはきとお話しになり、背筋もぴしっと伸びている。もちろん一流の現役書家であり、アーティストだ。アトリエにうかがったら、十畳分ぐらいの紙に、墨絵を描いていらっしゃるところだった。

本当に美しい方であった。銀髪と藍の着物が素晴らしくマッチしていて、お肌は艶々。皇后さまがお母さまのことを詠んだお歌に、

「母は清《すが》やかに老い給ひけり」

という言葉があったがその表現がぴったりの方であった。たおやかで凜としていて品があり、日本人が理想とする「老いた女性」の姿であろう。

お着物の趣味も素晴らしく、高価だけれども、普段着にしかならない通の着物「薩摩絣」をお召しであった。この方とお話しする最中は、墨のかおりが静かにあたりに漂い、本当にうっとりするような時間であった。

これとは反対に、欧米の女性というのは、老いるということに、もっと力強く立ち向かっていくような気がする。ちょっと年をとるとリフティング手術をするし、目と口角をきゅっと上げていく。全然手術に抵抗がない。

そしてそのリフティング手術もさることながら、私を驚かせたのは、女優のアンジェリーナ・ジョリーの乳房切除手術であった。そのものをばっさりと切ったわけではないが、乳ガンのリスクを少なくするために、健康な両の乳腺を切り取ったというのである。

これに賞賛の嵐が起こったというけれども、日本人の感覚としては、

「何もそこまでしなくてもいいのでは……」

というのがふつうなのではなかろうか。

病いというリスクに、雄々しく立ち向かっていく姿勢は立派だけれども、それには限度があるのではないか。何も健康なキズひとつない乳房にメスを入れなくてもいいのではないだろうか……と私は考える。

おそらくアンジェリーナは、老いることにも、全力で立ち向かっていくに違いない。ありとあらゆる先端医療を受け、六十代になろうと、七十代になろうと、若さと美しさを維持していくはずである。

それはそれでひとつの形として、篠田さんのような「清やかに」という老いとは遠いはずである。どちらがいいとは言えないけれども、私は田中宥久子さんのことを思い出してしまう。

「年をとっていくのは仕方ないこと。だけど自然に、その中でいちばん素敵に生きていくことは出来るはずだわ。自分の力で、老いを味方につけることをすれば大丈夫よ」

私はまだ老いることの覚悟が出来ていない。だから先輩たちに教わるのが大好きだ！

# Life

## 幸せな人生を送るには、「女仕様の女」になること

# モテるかモテないかの差は縮まるいっぽう。ならば、幸せな人生を送るには「女仕様の女」になることだ

これはもう、私の自慢話だと思ってくださっていいのだが、知り合ったばかりの女性二人とお酒を飲んでいる時のこと。そのうちの一人が言った。

「私、ハヤシさんみたいにかわいい人、初めて見た」

「そうなのよォ」

ともうひとりも同意する。

「性格がとにかくかわいい。その年で作家なのに、恥ずかしがったり照れたりする時は女の子みたいだし……」

「まあ、ありがとう。さ、飲んで頂戴」

私は彼女たちにビールを酌《つ》いだ後、ため息をつく。

「でもね、私のそのかわいさ、っていうやつ、女の人にしかわかってもらえないみたい。男の人には全く通じないと思うよ。たとえばAさん……」

共通の友人の名を挙げた。

「私たちから見れば、ただのわがままなおばさんにしか見えないじゃん。でもね、男の人は、A子さん、たまらなくかわいい、って言うよね」

「そうだよね、彼女モテモテだもんね」

「私は、自慢じゃないけどさ、男にかわいい、なんて言われたことないもん。数少ない恋人だった男の人以外にはさ」

が、夫さえもこの頃は、

「声がでかいよ、でかい。本当にガミガミ怒鳴ってばっかの気の強い女だぜー」

とのたまう。

昔から私のファンとか、読者とか言ってくださるのは女性ばかり。サイン会も講演会も九十五パーセントは女性で、あとの五パーセントは、奥さんに連れられてしぶしぶやってきたとおぼしき男性だ。よくファンレターをいただくが、そこには必ずといっていいほど、

「マリコさん、かわいくて大好き」

という文字がある。が、これも男性にとって、

「あのおばさんの、いったいどこがかわいいんだー。ケッ」

ということになるであろう。

私はどの角度から見ても「女《おんな》仕様の女《おんな》」なのである。

が、反対に世の中には、「男仕様の女」というのが存在している。このトシになると、そういう女がはっきりと見えてくるから困る。ある女性文化人のB子さんは、女性からは総スカンであるが、恋の噂が絶えない、いや、恋というのも違うかもしれない。自分の仕事に有利になる男性、お金を持っている男性に、取りいるのがすごくうまいのだ。私のまわりの男性の何人かが、彼女とそういう関係を持ったと噂されている。こういう女を私の友人などは、

「安い女！」

と切り捨てる。

これは見た人から聞いた話であるが、目をつけている男性がトイレに立つと、彼女は三十秒以内に立ち上がって後を追うそうだ。

「自分もつられておしっこしたくなる、っていうこと？」

「そんなんじゃないよ」

男友だちは笑って教えてくれた。

「トイレで待ち伏せして、キスか何かするんじゃないの」

こういう場合、たいてい男性は酔っている。たいていトイレはちょっと離れた暗いところにある。そしてたいていの男性は好色だ。よって彼女の技《わざ》は、すごい成功率を誇るようだ。

このB子さんは、当然のことながら同性にとても嫌われている。ところがある飲み会でのこと、彼女の噂となった。

「女にいちばん嫌われるタイプよね」

「あの人を好き、っていう女、まず見たことないもん」

「オヤジごころがしがすごすぎるもんね」

しかし途中で、彼女と親しい男性、たぶんころがされてるオヤジのひとりが、こう発言した。

「あの人かわいそうだよ。あんまり美人で男にモテすぎるから、女の人に嫌われたり、意地悪されちゃうんだよね」

「バッカみたい」

私たちは同時に叫んだ。いちばん大きな声を出したのが私である。

「どうして男の人って、男にモテ過ぎる女は嫌われる、っていう古い諺を信じてるのかしら。単にあの人は女に嫌われてるだけ。美人でモテてたって、米倉涼子ちゃんなんか女性にもすっごい人気ありますよ。単にB子さん、女性に好かれないだけだと思うけど」

しかし中年になってしみじみとわかる。ふつうの人にせよ、有名人といわれる女にせよ、同性に好かれない限り楽しい人生はおくれない。もはや異性とすったもんだする年齢が終ったら、頼るひとは女友だちであろう。そして中年になった女性に、男性は表向き親切にしてくれるので、モテるかモテないかということの差は縮まるばかり。すぐに大差なくなるはずだ。だからその日をもう少し待ちつつ、「安い女」と結婚する男には、あまり近づかないようにしよう。

# 過去は振り返らない。それよりも、夢想しながらNEXTを待つことの幸せよ

「何も私、今の主人と結婚しなくてもよかったんですけどね」

仲よしの四十代の友人とお茶をしている時、ふっと彼女がつぶやいた。へぇーっと声を出す私。随分強気な発言だと思ったからである。彼女のご主人をよく知っているが、超がつくエリートの上に、家族を大切にするとてもやさしい人だ。

「あなた、そんなこと言ったらバチがあたるわよ。世の中には、私みたいにあんなダンナでもじっと我慢している女もいるのにさー」

「だけど、私、独身の頃は、今の主人ぐらいのレベルの人と、いっぱいつき合ってましたから」

彼女はこんなことを言う。女子大生の頃は、うんと合コンに精を出していた。それも自分の大学よりもワンランク上の男の子たちとばっかり。

「私、昔はずっと今より痩せててモテてましたから」今でもその趣はあるかも。

そしてその中の一人、東大卒のカッコいい人から、しきりにつき合ってくれと言われていたらしい。

「だけど、いまひとつそんな気持ちにもなれなかったんですよ。当時はすごくモテてたし、大学生だったたんであんまりグループの中で、あからさまに決めるのもどうかと思って」

そうしたところ、彼女に言わせると、

「二流女子大の、ちょっとかわいいコ」

が手を挙げた。じゃ、私ががんばってもいいんですね、ということだ。

「ああいう学校に通っている人ほど、がんばりますよね。そしてものすごいモーションをかけて、三年後彼と結婚したんですよ」

そうしたらつい先日、有名ホテルのラウンジで、彼女と再会したらしい。ブランド品を身につけた彼女は、ヨーロッパの某都市の駐在員の奥さんだった。子どもの受験のためにしばらく帰ってきていたらしい。もちろん有名私立校。

「今どき駐在員夫人なんて、珍しくも羨しくもないけど、彼女、すごくあかぬけて綺麗になってたんですよ。着てるものもすごくいいものだったたし。それにひきかえ、私なんかただのサラリーマンの妻だし……」

わかるなあ、この気持ち。何年か前『不機嫌な果実』という小説にも書いたことがある。女にとって、自分が手放した権利は、永遠に自分のもので他の女のものではないのである。

これは、また別の人に聞いたのであるが、近頃「同窓会不倫」がすごいブームだそうだ。一時期そういうことが話題になっていた頃——よりもずっと定着している。それも四十代中心だと。

「今までの同窓会不倫は、三十代が中心だったけど、それだとまだナマナマしいじゃない？　それが四十代に上がってきたっていうことかな。今の四十代の女性って、すごく若くて綺麗だから」

そこで女の胸にわき起こる感情、

「もし、この人と結婚していたら、ずっといい人生だったんじゃないかしら」

というやつ。しかし私に言わせると、こういうことを考えられる人は幸せである。いい恋愛をしてきた証拠である。私なんか、ろくなめにあってこなかったので、昔の男と結婚していた方がよかったかも、とはまず思えない。

いちばん結婚を意識した相手、二十代から十数年つき合っていた男性は、当初から、

「僕は結婚しないよ」

と言っていたし、確かに今も独身である。そして変わらずビンボー。そして彼との合い間に、ちょこちょことつき合った方々とは時々会う機会がある。その一人は口惜しいが中年になってもハンサムで素敵だ。しかし私に若い愛人のことを自慢する。こんなのと結婚していたら、どんなに浮気に悩まされることだろうと、いささかぞっとしてしまった。

そしてもう一人は、会社もやめてただのくたびれたおじさん。風采が上がらないネズミみたいになっていた。アレともしなくて本当によかった、と胸をなでおろす私。

だが、そうかといって、今の夫と結婚して本当によかった、などと思っているわけではない。

「まあ、こんなもんでしょ」

という気持ちであろうか。いろいろ不満はあるが、あの時はこれがベストであった。それならばあまり文句を言うのもナンなので、我慢しようか、というのが、大多数の女性の気持ちであろう。

私は過去には固執しない。運命という言葉は大げさすぎるが、そうなるしかなかったから、そうなったのであろうといつも考えているからだ。私が期待しているのは、NEXT、そう、次の人ですね。

私は夢想する。夢想ぐらいして何が悪い。もし離婚ということをするなら、次の男性が現れ、激しい恋に落ちた時だけだ。

「どうしてもあなたの夫と別れてくれ。僕も妻と別れる（注　独身でもいい）。そして結婚しよう」

が、そんな男は現れない。現れないまま月日は流れていく。が、待っている方が、

「あの時、ああしてたら」

と過去を振り返るよりずっといい。

# もう一度、目を見開いて「ときめく」努力を。女稼業とは、むずかしいものよ

久しぶりにテレビのトーク番組に出たら、本当にがっかりした。自分ではもうちょっとマシだと思っていたのだが、そこに映っていたのは、年相応の小太りのおばさんではないか。テレビに映ると2割ぐらいは太って見えるのであるが、それにしてもな……という感じ。

「どうしたら老けて見えるのか」

ということを私はつぶさに観察した。こういうチェックは、ふつうの方でもビデオで出来るはずだ。写真はまだ耐えられるが、動いている自分を見るのは本当にイヤなものである。喋べる時、こんな風に唇をゆがめるのか、笑う時にイジ悪そうに見える、などと発見がいっぱいある。

そして年を感じさせる大きな原因は、顎のラインと、しょぼしょぼした目だということを実感した。自分の目はもっと大きい！　と思っていたが、テレビで見ると

とても小さい。あたり前だ。鏡に向かっている時、人は自然に目を見開いている。それがいつもの自分の目だと信じてしまう。が、無意識に人と喋べる時は、目に力を入れることはない。よって弛みはそのままだ。私はアレを見て、リフティングか、目の整形をしようかと一瞬考えたくらいである。

ひとまわり下の友人と一緒に出演していたのであるが、もー、肌のツヤもまるで違っているのだ。本当に勉強になった。えー、勉強になりましたとも。だから何だっていうのよーと、いささか居直る私である。

そしておとといのこと。仲のいい女友だちとお茶をしていた。話題はA子さんのことになった。A子さんは四十代後半であるが、まだみずみずしい美人。バツイチで子どもを抱えて働いているが、恋の噂がたえない人だ。それでも今の彼とはとても長く、もう七年も続いてるんだと。

「A子さん、このあいだ仕事でものすごくむしゃくしゃすることがあったんで、彼をラブホに呼び出して、真昼間からそーゆーことをして、やっと気がすんだんだって」

「へー、だけど彼って、奥さんや子どもがいるんでしょ。よくすぐに出てきてくれたわね」

こういう時、わりと常識的なコメントをする私だ。

「だってさ、彼はさ、A子さんに夢中だもの。彼女が、今でも朝起きると、彼からのメールが四つか五ついつもあるんだって」

「わー、いいなあー」

私のまわりでも不倫をしている人は多いが、相手がそこまでマメな人はあまり聞いたことはない。

「だけどB子さんだってすごいわよ」

B子さんもバツイチ女性。年齢は私より上であるが、十ぐらい若い彼がいる。しかも名前をいえばその世界でよく知られてる人。もちろんこちらも、奥さんと子どもがいる。

「つき合って二十年間、電話をくれなかった日はないんだって。世界中のどこにいても、必ず電話をくれるんだって」

「ウッソー！」

本当に羨しい。女性たちが中年になっても、これほど愛されてるなんて心からいいなーと思う。

そして私は特徴に気づいた。そう、こうした女性たちというのは、四十過ぎてから不倫ラブをしたのではない。もっと若い三十代前半の時から始めて、それが続いているという事実である。

中年の不倫にも二とおりあって、いい年になってから出会う恋、そしてわりと若い時から始まって持続する恋である。これは不倫とは違うかもしれないが、ある時京都の花街で芸者さんと喋っていたら、その老妓の方は、いわゆる旦那さんと、

「七十過ぎてもそういうことをする」

と教えてくれた。二十代からの仲であるが、愛し合っていることには変わりがないから、男と女の関係はちゃんと続けているのだそうだ。

私は思う。四十代、五十代になって誰かと出会い、そして恋してもらうなどというのは至難の業《わざ》であろう。そんなことは奇跡に近い。せいぜいが同窓会で、昔ちょっと好きだった人と、ちょっとジョークじみた関係を持つくらいのことだ。

しかし、二十年、三十年続くそういう恋というのは、感嘆に値する。脱帽するしかない。もうそうなったら、不倫も夫婦のようなものであろう。

二十代の終わり、三十代のはじめにそういうことがなかった人たちは何をしたらいいか。夫と仲よくするしかない、という結論が出た。晩夏の夕暮れ、夫と一緒に散歩をする。

「やはりこの人と一生いくことになるか」

という諦めも、中年の女にとってなかなか捨てがたい感情だ。とにかく、やさしくマメで長続きする不倫相手を持てなかったら、もう一度夫にときめく努力をしなくては、女稼業をやっていくことはむずかしいものだ。

まことに残念であるが、そういう人位しか持てなかったことを受け止め、少しでも前向きになるしかないと、密かに思う私である。

# 結婚も、そして人生も「だらだら感」でもたせているうちに進んでいくのだ

若いタレントさんが、テレビのインタビューに答えていた。彼女は二十歳そこそこで結婚し子どもをもうけ、そして今はシングルマザーだ。気取らない性格が人気を博しているが、彼女の喋べり方を見ていて作家の私はいつも首をひねる。

「はて、こういうのを、どう言って表現すればいいのか」

ざっくばらんとも違う。生意気という感じでもない。私たち物書きは、ちょっと個性のある人に会ったり、テレビで見たりするたび、文章で置き替える作業を無意識のうちでしているかもしれない。

「すっごい美人」

と書いたら中学生の作文のようになる。新しい表現を使って、その美人女優を表したいとテレビの前で深く考えることも、時々ある。

ともかくそのタレントさんは不思議な雰囲気を持っていて、私の興味と関心をか

なりひいたのであるが、やがて彼女は過去を振り返り、こう言ったのである。

「私って自分に正直に生きてきたの」

久しぶりに聞いた陳腐《ちんぷ》な言葉に私はのけぞった。七〇年代から八〇年代に聞いて、さんざん耳にしてきたフレーズである。いろんな芸能人や有名人がこれを口にした。しかしあの頃はまだ少々意義があったかもしれない。女性がまだ生きづらい時代、縛りもいろんなことがあった。若くして子どもを連れての離婚とあれば、

「もうちょっと我慢出来なかったかしらね」

と言われたこともあったはずだ。

しかし今は何でもアリである。離婚をしても誰に何も言われることもない。ただ二十歳そこそこで結婚されたら、芸能人の場合、事務所から何か言われることもあったであろう。多少の反対もあったはずだ。それが、

「自分に正直に生きてきた」

というご大層な言葉になったのかもしれない。

いったい正直ってどういうことなのか。我儘とどう違うのであろうか。私にはよくわからない。

ま、タカが二十四か五の女の子のことだ。

「自分の生き方に後悔していないもん」

ということだととっているのだと思う。離婚したことの言いわけととってもいいかもしれない。

離婚といえば、私のまわりを見渡しても、たいていの人がバツイチだ。その割合はものすごく高い。結婚前、なんともう二十年以上前のことになるのであるが、フィアンセであった私の夫と、数人の私の友だちとお茶をしたところ、彼らは男女問わずバツイチであった。

「僕なんか、今、三回めやってますよ」

などと笑う建築家の友人もいて、夫はすっかり怯えてしまった。

「あのね、キミのギョーカイなら、離婚なんて珍しくも何ともないかもしれないけど、僕はふつうのサラリーマンだからね、離婚なんて困るよ」

などと言い、

「これからのあなたの心がけ次第だね」

と答えた。

ところがあちらは心がけが悪く、大喧嘩がしょっちゅうだ。

「林真理子離婚!?」

と週刊誌に大きく書かれたこともある。実はそう思ったこともしょっちゅうだが、その都度、子どものこと、親のことが頭をよぎり、じっと我慢を重ねた。まあ向こうも同じだったかもしれないが、そうするうちに嵐が去り、また穏やかな日々がやってくる。

私は結婚する若い友人に、必ずこう教えるのである。

「今はどんなに仲がよくたって、相手のことが本当に憎らしくなり、腹が立つ日がやってくる。そして別れたいと考える。だけどね、ここで踏んばるの。相手がＤＶとか、浮気とかお金とかの問題を起こしているんじゃなかったら、じっと耐える。何日間も口きかなくてもいいから別れるのだけはやめる。そうするとまた『結婚していてよかったかも』という日々がやってくる。そうするとまた二年に一回くらい『別れてやる！』と思う時がくる。だけど我慢してやり過ごす。こうしているうちに、五年、十年とたって夫婦になっていくのよね」

ところで独身の頃、私は人にも言い、文章にもしたことがある。

「肉は腐りかけがおいしい。男と女も、別れかけの頃がいちばん面白い」

こちらがもう終わりかなーと思うと、あちらもそうらしい。長いつき合いなので、相手の心も手にとるようにわかる。それならこちらからきっぱり別れを告げて、

「いい女」というやつになってみるか。

しかし何だかまだ惜しいような気もする。会えば会ったで楽しいし、次がいるかどうか不安だし……。うーん、どうしようかなあ……。

あちらから別れを告げられるとみじめだけれど、こちらから言うのはまだ早い……と、双方相手の出方を見つめる。三十代だからこそ出来る、だらしなく楽しい高度な恋愛。

結婚もあの「だらだら感」でもたせることが出来る。これ本当。そしてそれなりにしっくりした中年の夫婦が出来る。もちろんこんなのつまんない、というコもいるかもしれないがそれで結構。

「自分に正直に生きてきた」

なんてほざく女は、人生の何たるかがまるでわかっていないのだから。

# 夫婦の有難みは非常時でないとわからないものだ

余震がまだ続いている中で、この原稿を書いている。

被災地の方々に心からお見舞いを申し上げます。被災地の惨情をニュースで見ていたら、どこに行く気にもなれず、口紅ひとつつける気にもなれない。原発が大変なことになっていて、東京にいる私たちも明日はどうなるかわからない身の上である。

全く美容だの、ダイエットだの、不倫だのというのは、平和な社会があってのことだとつくづく思う。こんな辛い、おそろしい時がくるとは考えてもみなかった。

今は春のスーツを買ったり、エステに行く気にはどうしてもなれない……、などと書いていたら、このエッセイも筆をおかなくてはならない。

親しい編集者に、

「もう気が滅入っちゃって、滅入っちゃって。すべての会食やお出かけもキャンセルして、ずうっと家にいるの」

と愚痴ったところ、

「ハヤシさん、ずうっとうちにいて、テレビを見続けていたら、どんな人でも精神がまいります。いったんテレビを消して、散歩にでも出かけてください」

というアドバイスをもらった。

私はそのとおり、愛犬を連れて近くの公園に出かけた。

あたりはもう春の気配。梅の花もところどころで満開だ。そして私はニュースで見たあるご夫婦のことを思い出した。

津波でめちゃくちゃになったわが家の前で、夫が立っている。するとそこへ、

「帰ってきたよー」

という声がして、リュックサック姿の奥さんが見えた。奥さんを抱き締めて号泣する夫。

「かあちゃんを亡くしたら、俺はもう生きていけねえから」

わかっているわよと、夫の腰に手をまわす妻。二人はもう若くなく、初老ともいえる年齢だ。どこにでもいるふつうのおじさん、おばさんである。しかし「本当に愛し合ってるんだ。よかった、よかった」

と、不覚にも涙がこぼれてきた。

うちの例をとっても、夫婦の有難みというのは、非常時でなければわからないものだ。あの大きな地震があった直後、夫は私に幾つものメールを送ってくれた。ご存知のとおりあの時、携帯は何の役にも立たず、通話はもちろんメールもストップしてしまった。が、会社にいた夫は、固定電話からうちに連絡をしてくれていた。

「そしてハタケヤマさん（秘書）も、みんな無事だから安心しなさい」

と、私にメールをしてくれていたのである。それを見ることが出来たのは、交通機関がすべて止まり、徒歩で家に向かっている最中であった。夫からのメールで、どれほど安心して家路に就くことが出来たろう。

そのお返しとして、午前三時にやっと家にたどりついた夫を私は起きて待って、熱いお味噌汁と、あったかいご飯で出迎えた。

ところで地震が起こる二日前のこと。私は奥さん二人とランチをした。類は友を呼ぶとはよく言ったもので、その二人は本当に美人でおしゃれ。四十代でお子さんもいるのだが、素晴らしいプロポーションと、若々しい美貌をお持ちだ。しかもどちらのご主人もお金持ちなので、洗練された素敵なものを着ている。一人は、イヤ味がない程度にダイヤのネックレスと指輪。もう一人はパールをつけている。どちらもカジュアルな服装に合わせているのは、よほどつけ慣れている証拠であろう。

その二人が口を揃えて言うには、

「ハヤシさんの小説は好きだけど、あんな不倫、信じられない」というのである。

「あら、結構みんなしてるんじゃないかしら。こんなおばさんがどうして、って思うような人まで恋人いるわよ。お二人みたいに綺麗だったら、いくらでも恋愛出来るんじゃない」

「でもどこで知り合うんですか」

本当に不思議そうに聞かれた。

「今、流行りの同窓会なんてどうですか」

「でも私、幼稚園から大学まで女子校なんです」

いいとこの奥さんは、当然のことながらお嬢さま校出身であった。

「じゃ、ご主人の部下から告白されるとか」

「冗談じゃないわ」

もう一人の奥さんがむっとした声をあげる。

「そんな相手、一人もいませんよ。だいいち主人が許しません。もしそんなことしたら離婚どころか殺されちゃう」

あー、そうか。この方たちは隙がないんだ、とつくづく思った。幸福で充たされている人の心には隙間がない。他の男の人がとり入る場所がないようだ。

こういう人たちにとって、簡単に不倫とかする人妻はマカ不思議で仕方ないらしい。私はこういう美しい方々に、男の人が声をかけない方が不思議であるが、まあ世の中や男女の仲はふわふわととりとめのないものと思っていた私に、あの抱き合う被災地のご夫婦の姿は、衝撃であり感動であった。あんな切羽詰まった光景を見てしまうと、夫婦は特別に結ばれているもの、崇高なものだと、この私でさえ真剣に思うのであった。

それにしてもあのランチの日は、ものすごく遠いことのようだ。またあんな日がくるのかしら。

## 生き方を変える。長い道のりだけど、まずはクローゼットを整理することから

私ごとで申しわけないが、と言っても、このエッセイはすべて私ごとであるから、これはPRして申しわけないが、という意味にとっていただきたい。

私の書いた小説『下流の宴』が、六月テレビドラマ化されることになった。主演は黒木瞳さんである。この小説は自分のうちが中流家庭と長く信じていた主婦が、フリーターの息子によって、

「いつのまにか下流になっていく」

という恐怖を描いたものだ。

新聞に連載中からすごい反響があり、いろいろな新聞や雑誌に取り上げられた。それだけこのテーマは切実だったのだろう。

中には、

「全国民必読」

という見出しをつけてくれた週刊誌もあった。そのわりにはそこそこの売れゆきだったが、とにかくとても話題になった小説で、ドラマ化を私は楽しみにしていた。それが今回の震災である。

私は編集者に言った。

「もうあの小説を書いた日が、遠いことのような気がする。下流に落ちたらどうしよう、っていうテーマで書いたけど、今や日本は総下流化の道をたどっているもの」

彼女も頷く。

「そうですよ。まさかこんなことになるとは思いませんでした」

「日本は一応GNP三位の国だったんですけど、今年の暮には四十位ぐらいになるだろうっていう話ですよ」

「そうだよねー。右向いても左向いても倒産か、大減収の話ばっかりだものね」

「ハヤシさん、もう私たち、生き方をめちゃくちゃ変えなきゃならない時にきてるんですよね」

私もそう思う。生き方を変えなきゃ、ではなく、生き方を変えられざるを得ない生き方。

それはどういうことかというと、豊かさイコール幸せ、と思う考え方を捨てることだ。

でもそんなことわかってる。わかってるわよ。豊かさを幸せって思っちゃいけないんでしょ。ということは、エコ系自然派おばさんになれっていうことと、私は考える。

たまに見かける——化粧っ気もなく髪も染めていない中年女性。ご主人と地方に住んで陶芸とか無農薬のレストランをやったりしている。〝きなり系〟というのが若い人なら、こちらは〝ヨーガン・レール系〟であろうか。

都会を捨て、この村に住んで本当の幸せをつかんだと雑誌には書いてある。いいんじゃないですかアと思うものの、私は憧れることはなかった。私はやはり都会の真中に住み、おいしい流行の店に行きたいと思う。ブランド品もいっぱい買いたいし、行きたい時にエステに行くぐらいのお金は稼ぎたい。そういうことを生きるバネにしてきた。

考えてみると三十歳になった頃から、そういう風に生きてきたのだ。お手伝いさんを使い、年に何度もヨーロッパに行く生活。それを維持するために頑張ってきたのだ。今さら別の生き方なんか出来やしない。この年になって、変われるはずはない。

しかし日がたつにつれて、「変わろう」ではなく、変わらざるを得なくなってきた。

まず震災以降、本がぱったり売れなくなった。もともとゆるやかな下降線を描いていた売れ行きが、震災によって谷状になったのである。

「私は生き方を変えない。今までどおり生きてみせる」

などと息巻いてみても、ないものがなけりゃどうしようもない。この頃私はお買物をほとんどしなくなったし、行くところも安いところばかり。人にもなるべくおごらないようになった。

ヘアサロンだけは相変わらずしょっちゅう行っているが、エステはご無沙汰している。そしてもちろん私は不満だらけだ。

「昔はよかったわ。ああ、バブルの頃の収入をどうして貯金しとかなかったかしら」

そして私は気づいた。これから私はずうっとぶーぶー文句をたれながら暮らしていくんだろうか。いつも不機嫌な顔で。残された道は二つしかない。もっと収入を得るか、あるいは少ない収入で満足するか。前者はむずかしそうなので、後者を選ぶしかない。そう、やっと合点がいった。これが生き方を変えることなんだ。

具体的に何をしていいかわからない。が、とりあえずしたことはクローゼットを整理すること。これからはお金の替わりにセンスというものを駆使して、古いものをコーディネイトしていくことに決めた。新しいものを買うのと同じぐらいの楽しさをここで見つけていく。かなり長い道のりだが頑張るしかない。

# 本当に心から思う。人を思いやる心があれば、何だって出来る

このところ、何度か被災地を訪れている。といってもたいしたことが出来るわけでもなく、出張授業や子どもたちへの読みきかせ、といったところだ。この他、校舎と家が流され、山の中の廃校に間借りしている中学生のために、サマースクール用の給食をつくりに行った。

この際、知り合いの奥さんたちに声をかけた。この給食の費用を分担してもらう他に、せっかくだから何回か現地に行ってつくってくれないかと頼んだのだ。参加してくれたみんなは安いビジネスホテルに泊まり、暑い遠いところを通ってくれた。四十代の主婦であるから、おうちや子どものことが大変だったと思う。言い出しっぺとしてはお礼を言わなくてはいけないのに、反対にとても感謝された。

「ハヤシさんのおかげで、ここに来ることが出来た」

と言うのである。

私もそうであったが、震災直後はテレビの前で泣いてばかりいた。自分の無力さが情けなかった。看護師さんとか調理師さんといった、世の中の役に立つ仕事に就いていたらどんなによかっただろうかと、本気で思ったそうだ。すぐに寄付をしたけれども、どうも落ち着かない。自分のお金は本当にどこにいったんだろうか。

「だからすぐに被災地に行きたいと思ったんだけど、どうしていいのかわからないのよね。インターネットでボランティアを募集しているといっても、知らない人に混じって瓦礫撤去なんか出来るかって言えば、自信はないし……」

四十代の専業主婦としては、当然の不安だったろう。そこに私が声をかけ、一緒に被災地に行こうと誘ったのだ。

「それでやっと来ることが出来たのよ」

この気持ちはすごくよくわかる。私もどうやったら被災地に行けるのかどうしてもわからず、若い編集者を誘った。しかし彼らはまるで興味を示さなかったのである。

そんな時、物資を運ぶ車に便乗させてもらうことになり、四月に初めて石巻に入った。そこでの惨状は、おそらく一生忘れることはないだろう。そしてそこで私は、優秀な私欲のないボランティアのリーダーと出会い、

「何かお手伝いさせて」

と申し出たのだ。それが今に繫がっているのである。

震災から半年がたとうとしている。仮設住宅も出来たし、一段落したと思う人がいたら大間違いだ。このまま皆の関心が薄れていくことが本当に怖しいと現地の人は言う。私は長いスパンで、ずうっと、何年も、いや何十年もお手伝いさせてもらおうと決めている。今、被災地では少しずつ日常に戻ろうとしているのであるが、そのための軋《きし》みがいろいろと生まれている。それをお手伝いすることは、私たちにも出来るかもしれない。

ではどうやったらお手伝いに参加出来るのだろうか。

インターネットで探すこともいいだろうが、世慣れていないふつうの奥さんは、ちょっとおじけづくかもしれない。が、まわりを見渡せば、きっとNPOをつくったり、定期的にボランティアに出かけているグループがいるはずだ。その人たちに一回現地に連れていってもらう。この時に決して無理はしないことだ。若い人だったら雑魚寝もいい経験であるが、中年にはちとつらい。私たちの場合は、近くのビジネスホテルに泊まった。ちゃんとシャワーが浴びられ、ぐっすり眠るベッドがあるならば、これを使わない手はない。

それから自分に何が出来るかをはっきりと言うこと。

「いちどきに大金を寄付することは出来ないけれど、小出しで長期にわたってお金を支援することは出来ます。料理は得意。それから家の中の片づけもうまい方だと思う」

避難所に行ってわかったことであるが、親が用事で出ている間、小さな子どものめんどうをみてやることも立派なボランティアである。

とにかく現地に行ってみることを私はお勧めしたい。そうするとボランティアのリーダーに出会えるからだ。彼らに、今、何が必要か、何をしてほしいかを尋ねてみる。そうして自分の可能性なことを選び出す。小さなことをひとつひとつこなす。そうすると道が出来る。その道を誠実に歩く。すると多くのものが与えられる。私は本当に心から思う。

「私はわずかなことしかしていない。けれどなんと多くのものをもらったことか」

人を思いやる心があれば、何だって出来る。

# 四十を超えた女の貴重な時間を、「パソコン」が奪い去ってはいないか⁉

おばさんはメカに弱い、というのが定説だ。

私はおばさんになるずうーっと前からメカに弱かった。

だから何か文句ある？

と言いたいところであるが、文句は常にある。夫の方から。実はこの私、録画の予約は出来ないし、パソコンも動かせない。よっていつも夫に頼むのであるが、その都度嫌な顔をされる。いいかげん、自分でやるようにしろと言うのだ。私だってこれほど文句を言われるなら、自分でやってみたいと思う。が、しかしこのメカの世界というのは日進月歩だ。ひとつこなせたと思うと、もう次の日には新しいものが出現する。

例えば私は何年かかけて、やっとケイタイと仲よく出来るようになった。メールもすごく早く打つし、半ばケイタイ中毒といってもいい。たえず確認しなくては気が済まないくらいだ。

しかしあっという間にスマートフォンの時代がやってきた。スマートフォンは、まだ使いこなせていない。メールがうまく打てない。あー、イライラすることばかり。

しかしパソコンについては、私は一種の哲学を持っている。インストラクターに高いお金を出して一応はマスターした。そして動かしてみた。その結果、これは私に必要ないものと結論を下したのである。

そもそも私は原稿がすべて手書きである。そういうと、

「えー、今どきプロの作家が手書きなんて」

と驚く人がいるに違いない。が、私の知っている限り、まだ多くの作家は、堅固に原稿用紙とペンを守っている。理由は文体が変わってしまうのと、頭で考えている世界を、キーで変換することなど出来ないと考えているからだ。

肉体を使って書いている文章は、自然と省略ということが出来る。が、パソコンを使うといくらでも長く書ける。時々若い人の書くもので、意味もなくだらだらと続く小説が増えているが、あれはパソコンによるものであろう。ゲーム感覚で、どうでもいいことを長ーい描写にするのが一時期流行ったことがある。

調べごとは秘書に頼んで出してもらい、プリントアウトするが、ああいうものの

薄っぺらな情報は最初のとっかかりを教えてくれるだけ。あとは資料でちゃんと調べる。

そんなことより何より、パソコンは人から多くの時間を奪う。私はやったことがあるからわかるが、チャットを始めたりすると、二時間三時間すぐにたってしまう。それだけの時間があれば、仕事も出来るし、本だって読める。

「だけどハヤシさん、ツイッターをやると面白いよ」

という人がいるが、私はブログはやってもツイッターはやらないつもりである。ものすごい数の悪意がまとわりついてくるのを知っているからだ。

流行のフェイスブックにしたって、知り合いの流行作家が言うには、彼になりすましている人物が、どこかのフェイスブックのメンバーの中に三人もいるというのだ。だからやらない、パソコン……と言いつつも私はこの考えが古くさいことを充分に知っている。若い女性は、それこそゲーム、ツイッター、ブログと、充分にパソコンを楽しんでいるようだ。いや、パソコンがない生活など想像も出来ないであろう。

私とてもちろん、今の日常からパソコンをやめろ、などと言っているわけではない。そんなことは不可能にきまっている。ただ私が言いたいのは、私たちは若い子に比べ、残りの人生が短かいということである。

四十を超えるとあっという間に時は流れていく。その貴重な残された時間を、パソコンの画面を見ることに費すのは、本当にもったいないではないか。パソコンに向かう時間は出来る限り短かくして、「たかがこんなもんツールじゃん」と思いたい。

大昔、孫正義氏に対談でおめにかかったことがある。その時氏は、

「初めてパソコンを見た時、こんな美しいものがあるのかと体が震えた」

とおっしゃった。おそらくその後の自分の未来についても、予感することがおありだったのだろう。その氏に向かい、

「私、パソコンやってないし、嫌いなんです」

と失礼なことを申し上げた私。

「そういうアンモナイトみたいな人は、もうじき滅んでいくんですよ」

と氏は、本当に軽蔑したようにおっしゃった。が、どっこいアンモナイトは生きている。

そして小説を書くという、いちばん人間くさい仕事をしているのだ。もう一度尋ねる。

パソコンって本当に必要なの？

# どんなに美しい四十代でも、やっぱり忘れちゃいけない希望と諦めのバランス

テレビのワイドショーで、ストーカー特集をすることが増えている。

ストーカーというのは、男性のことが専ら語られるが、実は女性の方が数が多いと聞いて驚いた。その例として、四十代の女性ストーカーのことが出てきた。ご主人と子どももいる彼女の、狂恋の相手となったのは二十代のジムトレーナーである。本職はボクサーという彼は、体もたくましくなかなかのイケメンである。ジムでは奥さま方にさぞかし人気があるに違いない。

この彼に対して、四十代の主婦は一日何度もメールを送りつけ、果ては「死ね」「幸せになるはずはないだろ」という呪いの言葉をちりばめた手紙を送りつけたという。

これを見て背筋がぞーっとしたのは、この女性ストーカーが怖かったからではない。もしかすると私もやっていたかもと、直感したからである。この女性ストーカ

ーの心根がしみじみとわかる自分が怖い。こんな風に仕事を持っておらず、ふつうの主婦だったら、私はやるかもしれない。なぜなら私は妄想癖が強いうえに、執着心もものすごくある。若い時、男の人にフラれた時は、相手を本当に恨んだ。

またこんなことは書きたくないのであるが、インターネットの時代になった最近も、相手に着信拒否されたこともある。この際かなりしつこく電話をかけたかも。なぜかというと、私はこんな失礼なことをされる憶えはなかったので、理由を聞きたかったのである。

この相手というのは、昔の元カレだ。何ケ月に一度、他の人も混じえて食事するか、メールでお喋べりするくらいの仲である。

「奥さんに見られて着信拒否にしたんじゃないの」

という意見もあったが、私はものすごく不愉快になり、その気持ちをぶっつけたかっただけなのに相手が出ない。だから何度も電話をかけた。そう、まかり間違えば、私はストーカーになっていたかもしれない。

そういえば、これも若い頃の話であるが、コピーライターをしていた私は、ある企業のクリエイティブ室の男性を紹介された。みんなで飲みに行った席で、意気投合したと私は思った。

その人は、

「今度銀座に来たら連絡して。どこかおいしいところに連れてくからさ」

と言ってくれたのである。ある気持ちのよい昼下がり、銀座に出かけた私は彼の会社に電話をかけた。ランチでも一緒に出来たらいいなァと思ったのだ。そうしたら受話器の向こうからは、冷たい声が返ってきた。

「今、忙しいんですよ」

それきり忘れてしまったようなささやかな出来事であるが、何ケ月かたって友人にこう言われた。

「○○のデザイナーの男が、君にしつこくされて困っちゃうって言いふらしてるよ」

いつのまにか私は準ストーカーのようにされてしまったのだ。この人を私は未だに許せない。許せないということは、粘着質の性格ということであろう。やはりストーカーの萌芽はあるのだ。

それでも私がまあ、ストーカーにならずになんとか踏みとどまっていられるのは、書くという仕事を持っているからに違いない。作家というのは、美女になりたい、素敵な男と結婚したい、こんな風に愛されたいという妄想を、形にして小説にする職業である。つまりうまくガス抜きされているのだ。

それに忙しいために、相手にそうそう構ってもいられないのである。が、ジムのトレーナーに恋をした奥さんは、気持ちを散らすすべを知らなかったのだろう。若い時にちゃんと恋愛もしなかったに違いない。うぶな心を持ち続けるのは悪いことではないが、どこかで成熟を間違えるとどす黒い狂気に変わっていく。本当に怖いことだ。

そして彼女の妄想のストーリーをつくるために、世の中も味方していったはずだ。四十代五十代の女性がいかに魅力的かと、いろんなところでいろんな人が語っている。そして実際にその年齢で若い男を手に入れた女たちも何人もいるのだ。世の中を見渡せば、中年の女の恋はいかにも簡単に成就しそうである。

たぶん若いトレーナーは、お世辞でその主婦にこう言ったに違いない。

「○○さんは体つきが若々しいですね」

「とてもその年には見えませんよ」

その言葉がどんなに甘く彼女の心に響いたことか……。私だって誉め言葉をいつも求めている。お世辞だとわかっていても心ははずむ。が、心のタガをはずしたことはない。

「何のかんの言っても、おばさんだもん」

という諦めと自己認識が私の中にはあるためだ。

たいていの女が、この諦めと、

「頑張ればもっとイケるかも」

という希望とのバランスを保って今日も生きている。そのバランスを保つのが、むずかしい世の中になってきたのは確かなのである。

# 四十代よ、立ち上がれ！
# 少子化を打開する
# 〝仲人おばさん〟ボランティアに

　少子化がとまらない。どんな策をつかってもとまらない。若い女性が子どもを持とうとしないという。

が、私はこれはちょっと違うのではないかと考えている。私のまわりを見ても、

「子どもはいらない」

などと言っている女性はほとんどいない。いわゆるバリキャリと呼ばれる女性たちは、三十代後半ともなると必ず焦り出す。

「ハヤシさん、もう夫はいらないから、先に子どもを産みたいなァ。結婚はいつでも出来るけど、子どもを産むのは限界があるでしょ」

　みんな子どもは欲しいと思っているのだ。ただし働いている人は一人の子どもでいい。二人や三人はとても無理だと考えている。私のまわりでも今出産ブームで、子どもを産む人はとても多い。が、たいてい一人っ子だ。二人産んでいたところが

一人、こういう事実が統計的に少子化となっているのであろう。

子どもを持とうとしないのではなく、二人持とうとはしないのだ。

そして新聞やテレビを見ていると、必ずこういう言葉にぶつかる。

「今の若い女性は、子育てしている四十代を見て、あまりの大変さに子どもを産むのにためらいを持つ」

というやつだ。これは今の四十代にどう思われているのか。

「そうよ、そうよ。私たち大変なんですよ」

という声よりも、

「そうかしら……。私たち、そんなに髪ふり乱しているように見えるかしら」

という憮然とした声の方が大きいような気がするのであるが……。

ところで私はかねがねこの少子化のニュースを聞くたびに、

「あのママチャリを何とかした方がいいかも」

とまわりに言ってきた。うちの近くにも保育園があり、毎朝何人ものママたちが自転車で疾走している。子どもを一人か二人乗せ、車に気を使いながら、それでも必死にペダルを漕いでくる。もちろん働くお母さんの美しい姿といえないこともないのではあるが、若い女性にはどう映るのであろうか。

「どんなにキレイなお母さんも、ママチャリに乗ってると、スカートはめくれ上がるは髪は風で乱れるし、表情は怖くなるよねぇ。あれ見ると若いコは、やっぱり大変そうっておじけづいちゃうんじゃないの」

そこへ行くと、と私は続ける。

「時間ずらした地下鉄に乗る時さ、セットしたての髪に素敵なパンツルックのママが、私立の制服着せた子どもの手をひいて歩いてるよね。やっぱり子どもの手をひいて歩いてた方が憧れ度は強くなるよね。ママチャリはやっぱり見た目よくないよ。少子化打開のためにも、ママチャリは何とかしなきゃ」

すると女性誌の編集者がこう言うではないか。

「ハヤシさん、人気のママ雑誌と自転車会社がコラボした、おしゃれな高級ママチャリが発売されたそうですよ。それがニコタマあたりで爆発的に売れているそうです」

そうか、世の中に私と同じことを考えている人は多かったんだ。

さて、それにしても、何となく世の中の責任を負わされている四十代である。今の若い女性が、はっきりと「未来の自分」と重ね合わせているのが四十代らしい。そこで提案がある。そろそろボランティアと考えている方もいると思うが、そのエ

ネルギーと時間を、二十代の女性のために使うことは出来ないものであろうか。そう、

「四十代の女性のために少子化となった」

といわれなき言葉を浴びせられているなら、少子化のために立ち上がるべきなのだ。

そのために何をしたらいいのか。そう、仲人おばさんになることである。四十代ともなれば世間も広くなり、ぐっと知り合いも増えるに違いない。

「誰かいい人いませんか」

という相談も受ける。そこで仲人おばさんを引き受けるのだ。そんなことはもっと年配のおばさんがすることでしょ、と言う人もいるかもしれない。が、中高年はPCやスマホをうまく使いこなせていないはずだ。

私も中高年の一人であるが、この頃スマホに送られてくる年頃の男性、あるいは女性の写真を、すぐに転送したりする。

「誰か紹介してください」

と頼まれたらその場でパチリ。知り合いの奥さんに送る。彼女は医者の奥さんで、四十代。私の願いに応じて「仲人おばさん」として立ち上がってくれた。こうして

まとめたのが二組出てきた。

そう、四十代、汚名をそそぐために少子化打開のため、何かやってみようではないか。

# 〝エレガント〟とは、ファッションに限らない。知恵を使って、まわりも自分も心地よくする人をそう言うのだ

エレガントな人に憧れる。どうしてあんな風になれないのかとよく考えるのであるが、まず声が違う、ということに気づいた。

エレガントな人、というのは声のトーンがとても耳に心地よい。よく通るけれども大きくない。この点私は失格である。私はとても声が大きいらしい。らしい、というのは自分ではとても気をつけて小さな声で喋べっているつもりなのであるが、

「本当に大きいよね」

と人によく言われるからだ。

だからこそ気をつけていることがある。それは声を出して店員さんを呼ばないことである。

昔から有名な居酒屋さんのことが記事に載っていた。そこでは行儀の悪い客は、常連の冷たい視線で追い出すようにしているということだ。その最たるものが、大

声を出して店員さんを呼ぶことだという。

「ちょっとすいません、追加オーダー」

とつい言いがちであるがじっと我慢する。店員さんと目が合ったら静かに手を上げるのは大切なマナーなのだ。しかし値段の安い居酒屋やレストランだと、店員さんが全然こちらを見てくれないことがある。極力目を合わせないようにしているようだ。しかしじーっと耐える。私はとにかく声をたてない。

女の人が店の中で大声を出すのは、決していいことだと思わないのである。これと同じく私が苦手なのに、「お取り皿女」というのがいる。食事の途中大きな声で、

「すみませーん、お取り皿ください」

という女性だ。いかにも自分は気がきいているでしょ、と言わんばかりに声を出す。しかし私にしてみれば、さっきもらった取り皿はたいして汚れているわけではないし、このレベルの店でしょっちゅう皿を取り替えさせるのはどうかと考える。

聞いたところによると、アメリカでは取り皿の料金を3ドルとるそうだ。あちらはそもそも、料理をシェアする習慣がない。それを数人でいき、新しい料理が出てくるたびに、取り分ける皿を要求されたら店もたまったものではないだろう。

そう、商売をしていた家に育った私から見て、お店への配慮が欠けた女性はとて

も多い。びっくりするぐらいだ。

たとえばランチを食べるとする。三千円とか四千円という料金をとる高級な店のランチだったら、コーヒーを飲みながら、ゆっくりしてもいいと思う。お店の方も二回転させるつもりはないだろう。しかし、千円足らずのランチをとり、ゆうゆうと二時間近くいる女性のグループをよく見る。お昼どきで店の外に行列が出来ても知らん顔だ。話に夢中になり、他の人のことなど全く気にかけない。

そしてやっと会計ということになると、

「別々にしてね」

と平気で言い、それぞれが一万円札を出す場面を何度も見た。

こういう時、

「私がまとめて払っておくから後で頂戴」と会計をかって出る人を私はエレガントだなあとつくづく思うのである。この人にある時、まとめてお祝いを頼んだところ、素敵な熨斗《のし》袋に「〇〇一同」と筆ペンで書いてきてくれた。

よく「気配り」というけれども、そういうことの出来る女性のなんと少ないことか。家族や友人、大切な人にはそれなりに気を遣うけれども、ゆきずりの人、たとえばお店の人やタクシーの運転手さんにぞんざいな人を、私はエレガントとは呼ばない。

　私の友人がぷりぷりしていた。

「一万円札出したら、タクシーの運転手がおつりないって言うのよ。失礼しちゃうわ」

「料金いくらだったの」

「ワンメーターで七百十円よ」

「それで一万円出したら、運転手さんもちょっと困るかもよ。あなた気配りないわよ」

「だって私、細かいのがなかったから仕方ないじゃないの」

「どこから乗ったの」

「渋谷駅からよ。キオスクでガムでも買ってって言うの」

「両替えのために、ガム買われたらキオスクも迷惑よ」

「だったらどうすればいいの」

「ＰＡＳＭＯのチャージを、千円でも二千円でも入れればいいじゃない。一万円でおつりがくるわよ」

　一万円札を出して運転手さんといやーなやりとりをするより、機械に細かくしてもらえばいいのである。あれこれ工夫し、知恵を使ってまわりの人も自分も心地よくする。これをエレガンスだと私は思うのだが。

【初出】
「STORY」二〇〇九年八月号〜二〇一四年二月号
二〇一四年三月　光文社刊

光文社文庫

出《で》好《ず》き、ネコ好《ず》き、私《わたし》好《ず》き

著 者 林《はやし》 真《ま》 理《り》 子《こ》

2017年12月20日 初版1刷発行

発行者 鈴木広和
印 刷 萩原印刷
製 本 ナショナル製本

発行所 株式会社 光文社
〒112-8011 東京都文京区音羽1-16-6
電話 (03)5395-8149 編集部
8116 書籍販売部
8125 業務部


落丁本・乱丁本は業務部にご連絡くだされば、お取替えいたします。
ISBN978-4-334-77582-7 Printed in Japan



組版 萩原印刷